ベリーズ文庫

悪辣外科医、契約妻に狂おしいほどの愛を尽くす【極上の悪い男シリーズ】

伊月ジュイ

STARTS
スターツ出版株式会社

目次

悪辣外科医、契約妻に狂おしいほどの愛を尽くす

【極上の悪い男シリーズ】

悪辣外科医、契約妻に狂おしいほどの愛を尽くす【極上の悪い男シリーズ】

プロローグ

「婚姻届にサインしてくれるなら、手術を引き受けるよ」

若くして脳外科トップの手術スキルを持つ凄腕医師・武凪《たけなぎ》真宙《まひろ》は、悪魔のような台詞を言い放ち、尊大な眼差しで私を覗き込んだ。

〝成功率五パーセント以下〟――そんな難手術さえも、彼なら九九パーセント成功するという。母を助けるには彼に頼るしかない。

しかし、その代償は大きい。

「横暴です。執刀する代わりに結婚しろだなんて」

「君の覚悟を知りたいんだ。助けてって泣きついておいて、君自身なんの対価も払わないなんてフェアじゃないだろ？　一緒にリスクを背負ってくれなきゃ」

もはや条件というより嫌がらせで、バカ正直に相手をする方が間違っている――が、こちらは母を救うために藁にも縋る思いだ。

私と結婚すると都合がいい、彼がそう言って悪びれもなく求婚してきたのは、一カ月前の話。

私の父は脳外科の治療実績で名高い、ここ『永福《えいふく》記念総合病院』で重要な役職に就いていて、その義息になれば特典が盛りだくさんなのだという。

当然断ったが、まさか母の手術を餌に契約結婚を持ちかけてくるほど悪辣な男だとは思わなかった。

今から数時間前、母が脳卒中で倒れ、この病院に救急搬送されてきた。

危険の伴う手術に賭けるか、後遺症を受け入れて確実に生きるか——決断を迫られる私を屋上に呼び出した彼は、こちらに逃げ道がないのを知りながら、とんでもない契約を突きつけてきたというわけだ。

「条件としてはなんの問題もないと思うけど？　俺は浮気をしないし、束縛もしない。経済的にも不自由はさせない。両親も結婚を喜んでくれるだろう。強いてデメリットをあげるなら、愛がないってくらいだ」

結婚する前から愛さないと断言してしまうあたり、彼の倫理観が欠如しているのは間違いないのだが。

幸か不幸か、仕事に対する姿勢だけは誠実で、多くの患者の命を救ってきた優秀な医師でもある。

母の命を預けるなら、彼以上に信頼できる人はいない。

「……わかりました」

　母のため、私自身のため、悩んだ末に身を切る思いで決断する。

　この際、結婚に愛は求めない。夫に幸せにしてもらおうなんて甘い考えは捨てる。

私は私で自分を幸せにする、そう強い決意で彼を睨みつける。

「その契約《プロポーズ》、お受けします」

　切り出した瞬間。彼はしてやったりといった表情で口元に笑みを浮かべた。

「君のお母さんは助かるよ」

　未来を予見するかのように断言する。失敗など微塵も考えていない、そんな自信に
満ち溢れた言葉。

　望んだ通りの取り引きができて満足したのか、彼がうっとりとした目を向けてきた。

すかさず私の顎に指をかけ、こちらに顔を寄せる。

「璃子《りこ》、君は最高のパートナーだ」

　白々しい美辞麗句を並べて、強引に唇を奪う。柔らかな感触と背徳的な温もりに、
気がおかしくなりそうだ。

　この選択が正しいものだとは思わない。だが、彼が欲望を叶えるための道具として
私を消費するというのなら、私も彼を利用してやる。

愛に満ち溢れた幸せな家庭などいらない。
そんなものがなくても幸せになってやる。
私は私の願いを叶えるために、この身を悪魔に売り渡した。
その決断に後悔はない。

第一章　仮面の奥の素顔

私、道根《みちね》璃子は今日、珍しくおめかししている。

ホワイトのニットカーディガンにネイビーのフレアワンピース、フェミニンなヒールパンプス。胸まである髪は下ろして緩く巻いた。

普段はパンツルックで、髪もひとつに括っている私がなぜこんな格好をしているのかといえば、父から紹介された素敵な男性と三回目のデートだから。

待ち合わせのカフェに張り切って三十分前に到着してしまった私は、カウンターでラベンダーラテをオーダーし受け取った後、窓際の席に着いた。

辺りをきょろきょろと見回し、まだ彼が来ていないのを確認すると、バッグから手鏡を取り出す。手で前髪を少しだけ持ち上げて、今日の自分の顔と向き合った。

ワンピースの色に合わせて新調したアイスブルーのアイカラーと淡いピンクのリップは、似合っているのかいないのか自分ではよくわからない。

普段はブラウンを基調としたビジネスライクなメイクをしているから、鏡の中の自分がまるで別人に見える。

大人っぽく、エレガントに見えているといいのだけれど……。

というのも、二十七歳の私に対して彼は三十三歳。デートの相手は六歳も年上の大人の男性なのだ。

少しでも釣り合いたいと背伸びをしてみたものの――チェアの下を覗き込んで、なにも物理的に背伸びをする必要はなかったかな？と後悔。ヒールが八センチのパンプスはバランスが悪くて歩きにくい。

だがそれ以上に問題なのは、もう十二月になろうというのに寒々しいパンプスを履いてきてしまったことかもしれない。

自宅を出た瞬間、あまりにも足元が冷えるので、いつものショートブーツに変えようか悩んだけれど、寒さをぐっとこらえてお洒落度の高い今のパンプスを選んだ。

街を歩きながら、同じようなパンプスの女性を見かけては仲間意識を感じ、〝お互い頑張ろうね〟とひっそり念を送っていた。

まあ、これから行くのは映画館だし、外を長時間歩き回るわけでもないからいいか。

切り替えは早い方で、頭の中から気がかりをさっさと追い出すと、私は手元の小説に集中した。

この小説はドラマ化もされた人気の医療ヒューマンストーリーで、舞台は病院。主人公のシンは新米外科医。やる気と正義感に溢れ、体当たりながらも患者に寄り添う熱血医師である。

興味を持ったきっかけは、今から会う彼——真宙さんだ。

彼の職業は脳神経外科医。シンのように日々一生懸命、患者と向き合っているのかなと思うと胸が熱くなる。

……まあ、真宙さんの場合は新米外科医ではなく敏腕外科医らしいから、ドジで猪突猛進なシンと違ってスマートに患者を助けていそうだけれど。

そんなことを考えながら読み進めていると、テーブルの上でことりと音がした。

反射的に視線を上げる。コーヒーの入ったマグカップと、それを置く手が視界に入った。

「おまたせ」

見上げた先に秀麗な笑みを湛えた男性。背が高くスタイルもよく非の打ち所がない彼を見て、体温が一気に上昇した。足の冷えなんて全然気にならないレベルで。

「いえっ……！　真宙さんこそ、早かったですね」

慌てて本を伏せて腕時計を確認すると、まだ待ち合わせの十五分前。

「璃子さんなら十分前に着いていそうだなと思ったから。でも、先回りとはいかなかったな」

「気にしないで時間通りに来てください。相手より先に着こうとすると、待ち合わせ時間がどんどん早くなっていきますから」

「そうさせてもらうよ。君も無理はしないで」

穏やかにそう言って、脱いだコートを椅子の背もたれにかける。

首がすらりと長い彼は、ブラックのタートルネックが驚くほどよく似合っている。

ゆったりとしたニット素材ではあるが、長い腕と広めの肩幅、逆三角形を描くウエストラインがはっきりとわかって、モデルのように優美だ。

席に腰を下ろしながら、にっこりと微笑んでくる彼。

涼しいのに甘さを感じられる目元、すっと通った鼻筋、ほどよい膨らみを持つ唇は、俗にいう黄金比で配置され、科学的に証明されたイケメンだ。

自分にはもったいないくらい素敵な人、そんなことを考えながらぼんやりとしていたら、手元の本をしまうことすら忘れていた。

「なにを読んでいるのか、聞いてもいい？」

漆黒の綺麗な瞳に覗き込まれて我に返った私は、小説の上下をひっくり返して彼の方に向ける。

「医療ものの小説です。結構有名らしいんですけど……ご存じです?」

「ああ、名前は知ってる。まだ読めてはいないけどね。以前患者さんに勧められたよ。主人公の指導医が、僕に似ているとかなんとか言ってたかな」

「それ、一番カッコいい役どころです。手術の腕がよくて、患者思いで、主人公のよき理解者で」

確かドラマでも今話題のイケメン俳優が演じていて、主人公より人気があったっけ。俳優さんの整った顔立ちに柔和な笑顔、物腰が柔らかなところも真宙さんと似ている。

ただひとつ、そのキャラクターには難点があって、とんでもない色男なのだ。ウインクするだけで女性看護師たちが腰砕けになるという設定。

「へえ、いい役なんだ。それは嬉しいな」

色男だなんて知りもしない彼が素直に喜ぶ。私はあはは……と乾いた笑いで応じながら、どうか彼がこの本を読みませんようにと祈る。

「ところでそれ……ラテかな? 珍しい色してるけど」

私のマグカップの中身が淡い紫色をしていたので興味を引かれたらしく、彼が尋ねてくる。

「期間限定のラベンダーラテです。香りがすごくいいんですよ」

「そんなメニューがあったんだ。気付かなかったな」

残念そうに言うところを見ると、飲んでみたかったのかもしれない。

「ハーブ、お好きなんです？」

「うん。ハーブも好きだし、目新しいメニューを見つけると試してみたいなって気持ちになるよ。璃子さんは？」

「私は期間限定に弱いので」

「なるほど」

「花の香りも好きだから、余計に気になっていて。私的には当たりでした」

このラテはラベンダーの香りがはっきりしている。癖が強いから賛否両論あるかもしれないけれど、私は賛成の方だ。

彼は思いついたように「ああ、それなら」と切り出す。

「花に興味があるなら、お勧めしたいカフェがあるんだ。自家製のハーブやエディブルフラワーを使ったオリジナルのメニューがたくさんあって、おもしろいんだよ。ガーデニングショップが併設されているから、店内にも緑が溢れてる」

「へえ……！　興味あります。行ってみたいです」

「うちの病院の近くだから、今度案内するよ」

「ぜひお願いします！」

病院の近くなら私の家からもそれなりに近いはずだけど、方向が違うせいか聞いたことがない。父は知っているかな？とも思ったけれど、父はカフェにも植物にも興味がないから、店があるなあくらいしか把握してなさそう。

私は「よければ味見にどうぞ」と真宙さんにラベンダーラテを勧める。

馴れ馴れしかったかな？と不安になるも、彼は笑顔で「じゃあ、いただきます」と口に運ぶ。

「うん。すごくいい香りがする。当たりだ」

満面の笑みでマグを置く。どうやら気に入ったみたい。食の好みが合うって大事よね、と胸中でこっそり安堵する。

もしかしたら、もしかしたらだけど、今後お付き合いするかもしれないし……とそんな考えが頭をよぎり、思わず照れくさくなって目を伏せた。

コーヒーを飲み終えた私たちは、カフェから徒歩三分のところにある映画館へ向かった。

歩きながらふと彼が「今日はいつもと印象が違うね」と切り出す。

「ちょっとイメージチェンジを。……似合っているといいんですけど」

「とても綺麗だよ。今までも充分、かわいかったけどね。今日はとくに素敵だ」

照れもせず褒め言葉を口にするあたり、大人の余裕を感じる。あと、ちゃんと服装やメイクの違いに気付いてくれるところにも。

褒めポイントを探すのが上手で社交的。私だけでなく誰に対してもそうに違いない。モテるんだろうなあ。性格はもちろん、見た目だって完璧だもの。

――と、ふと先ほどの小説に出てくる色男医師を思い出し、血の気が引いた。

もしかして真宙さんも女性を手のひらで転がす色男？　それはちょっといろんな意味で前途多難なのでは……。

悶々としていると、不意に屈み込んだ彼が、私の目の前ですごく綺麗な笑みを作ったのでドキンとした。

「璃子さんって、身長いくつ？」

「ええと……一六〇センチです」

「二十センチ以上、差があるのか」

彼が私の頭の上にトンと手のひらをのせる。きっとなんの気ない仕草なんだろうけれど、私は撫でられているようでドキドキしてくる。

「あ、でも、今日はヒールが高いから、そこまで差はないと思いますけど」

「普段はそこまで高いヒール、履かないんでしょう？　気を遣わせちゃったかなと思って。もしかして話しにくかった？」

「いえ、そういうわけでは。今日の服に合っていたから履いただけで。……でも、ちょっと失敗だったかなあと思ってるんです。見ての通り、寒くって」

やっぱり外に出ると足元がスカスカして冷たい、そう説明しようとしたところで、突然彼が私の肩を抱き込んだ。

えええ!?と驚いて、身を小さく縮めて彼を見上げる。

「少しは暖かくなった？　マフラーでも持ってくればよかったな」

当の彼に他意はないようで、呑気な後悔を口にしている。

「あの……冷えるのは、足元の話です」

「足を温めるのは難しいから、せめて肩くらいはと思って」

にっこり笑って持論を展開する真宙さん。腕を解く気はないらしく、私の肩はがっしりとホールドされたまま。

女性の肩を抱いて平然としているなんて……やっぱり彼は女性を翻弄する罪な男な

のかもしれない。

映画館はすぐ目の前。その数十秒の距離がやけに長く感じられた。

エントランスに入ると、肩は解放してもらえたものの、今度は手を繋がれた。

「結構混んでいるから気を付けて」

またしても他意はないようだけど、男性とお付き合いしたことのない私は触れるだけでも緊張する。

ちなみにデートとは名ばかりで、まだ正式なお付き合いはしていない。キスもまだ、ハグもまだである。

父からは結婚を勧められていて、真宙さんもぜひと言ってくれているけれど、恋愛経験ゼロの私にとってはあまりにも急な話だった。心の準備期間をもらって現在、お試しデートをしているところである。

「はい、どうぞ」

エントランスの奥の端末で、真宙さんが電子予約したチケットを紙に引き換えてくれた。手渡されたチケットを見て、私は目を丸くする。

「これって――」

人気の若手俳優が主演を飾る流行りのラブストーリーだ。真宙さん、恋愛映画は観ないって言っていたのに。

「璃子さん、観たがってたから。……勝手に変えて迷惑だった？」

「いえ、嬉しいです。でも、よかったんですか？　全米が震え上がるサバイバルアクションホラー、観たかったんじゃ……」

「ああ、気にはなるけど、ホラーを観るなら僕ひとりでいいかな。璃子さんを怯えさせるわけにはいかないし」

そう苦笑して、私の手を握り直す。今度はしっかりと指を絡めて。

「それにほら、恋愛映画を観れば、そういう気分になるかもしれないでしょ？」

「そういうって……」

「恋愛したい気分」

わずかに背を屈めて、囁きかけるように言う。彼の温かい吐息が耳朶に触れた気がして、顔が熱くなった。

ふと横を見ると、もの言いたげな艶っぽい眼差し。

「どうしてって顔してるな」

横から私を覗き込んで、頬にかかっていた髪をそっと耳にかける。彼の指先が今度こそ耳朶に触れたまま、なかなか離れていかない。

「このままじゃ、いつまで経っても男として見てもらえないから。僕も危機を感じ始めたってことで」

思わせぶりな台詞を投げかけながらも、その先を深く問い詰めてきたりはしない。これはやはり、余裕のなせるわざではないだろうか。

……とっくに男性として見ていますけど。

そしてそれをきっと彼も気付いている。私が心を決めて一歩を踏み出すのを、待ってくれているのかもしれない。


父から彼を紹介されたのは、今から三カ月前のことだ。

今年で五十八歳になる父は、仕事にストイックな半面、とにかく過保護だ。忙しい人で、幼い頃、遊んでもらった記憶はほとんどない。入学式や発表会などの学校行事には一度も来なかった。

夏休みや冬休みには、旅行好きの母に連れられいろんな場所を巡ったが、いつも私と母の女ふたり旅で、家族旅行をした覚えがない。

それでも不満に思わなかったのは、母の口癖があったからだろう。

『お父さんは人の命を救うすごいお仕事をしているの』、『今頃、きっと誰かの命を助けて、ありがとうって言われているわ』――母は誇らしげにそう言って、よく私の頭を撫でてくれた。

休みの日はほとんどなく、帰ってきてもすぐに急患で呼び戻される父の姿を見ていたら、幼いなりにも納得できた。

父を待っている人がいる。父にしかできないことがあるのだと。しかもそれは、人の生死に関わることで、とても重要なのだと。

だが、決して娘をないがしろにしているわけではなく、食卓で顔を合わせた時には、これまでの不在を埋め合わせるかのように質問攻めにされた。

どんな教科が好きなのか、どんな学校に進学したいのか、友達は何人くらいいて、どのように交流しているのか。

大学時代、ドイツに留学を決めた時は、本当に心配そうにしていた。

『ひとりで大丈夫なのか？』、『不安になったらいつでも帰ってきていいんだぞ』、それから『ドイツの男には気を付けろ。決してふたりきりになるんじゃない』とも。

とくに男性との交友関係について気にしていたみたいで、それまでにも何度か『親しい男の子はいるのか？』と尋ねられたことがある。

とはいえ、小中高とエスカレーター式のお嬢様学校に通い、大学も女子大だった私に男友達などいない。『女友達ばかりだよ』と答えるたびに、父は安堵の表情をしていた。

そんな父が突然、私に男性を紹介したいというから驚いた。

目的も教えてもらえず、騙されるようにして連れてこられた高級フレンチレストランに、彼の姿はあった。

「武凪くんは『帝央《ていおう》大学医学部附属病院』で働いていた医師でね。若いのに腕がよくて意欲的だっていうんで、うちの院長が引き抜いてきたんだ。うちに来て一年半になるが、さっそくエースと呼ばれているよ」

前菜に手をつけるのも忘れてそう誇らしげに説明する父は、優秀な部下を自慢したくて仕方がないといった様子だった。

父は脳神経外科や脳血管内科、神経内科などの診療科をまとめる脳血管部門の部長を務めていて、患者ひとりひとりの治療方針をチェックし、承認する立場なのだそう。

武凪さんは部下の中でもとびきり優秀で、手術の腕は脳外科トップの父を凌ぐレベルなのだとか。

患者様や同僚の医師たちからも信頼される素晴らしい医師、とは父の談。

父自身も今でこそひとつの病院に留まっているが、現役時代は全国から手術依頼が来るほどの技量を持っていた。そんな父が太鼓判を押すくらいなのだから、本当に凄腕の医師なのだろう。

武凪さんは正面の席で優雅に前菜を口に運びながら、ふわりと笑う。

「まだまだ修業中ですよ。道根先生にはかないません」

柔らかな低音ボイスを響かせ、上品なスーツに身を包み謙遜する彼は、誠実を絵に描いたような人だ。

「手術数で言えばな。だが、純粋に技術なら引けを取らないだろう。なにより体力で勝てないよ。この歳で十時間以上の手術をこなすのはもう無理だ」

「なにをおっしゃいますか。先日も難易度の高い手術をやり遂げたじゃありませんか」

「まあ、執刀できるのはせいぜいあと五年だな。後進に道を譲って、私は指導に回るよ」

五十代中盤あたりから、深夜の緊急コールや長時間の手術が体力的に厳しいと言い出した父。体力づくりを心がけてはいるみたいだけれど、歳には勝てないようだ。

なにしろ、脳の手術は非常に繊細で、難易度の高い手術ほど長時間に及ぶ。体力と高い集中力が要求される。

本人はすぐにでもメスを置いて後進の育成に回りたいらしいのだが、なにぶん人手不足で、今も仕方がなく執刀を任されている状況。早く自分の後釜を育てたいらしい。

「正直、若手で君ほど信頼できる医師はいないよ。手術の腕もだが、人間性も」

ようやく後釜候補が見つかってホッとしているのだろう。

父があまりにも嬉しそうだから、私はナイフとフォークを手にしたまま、くすりと笑ってしまった。

「そんなに褒めるお父さん、初めて見た。よかったね、後を継いでくれる人が見つかって」

すると父は豪快に笑った。

「ああ。それにほら、璃子もいつかは結婚するだろう？　義理の息子が武凪くんのような男なら、父さんも心置きなく娘を預けられる」

冗談にしては生々しいことを言い出したので、危うく喉を詰まらせるところだった。

いや、手術と私の結婚は別問題だし、『それにほら』の意味もわからない。

だいたい武凪さん本人の前でそれを言う？　まるで上司から娘をもらってくれと圧力をかけられているようで、生きた心地がしないと思うのだけれど……。

すると父が強《したた》かな表情を武凪さんに向けた。

「どうだい、武凪くん。うちの娘をもらってくれないか？」

「お父さん！　それ、パワハラだから」

慌てて制止するけれど、当の武凪さんは気にした様子もなくにっこりと笑っている。

「素敵なお嬢さんを紹介していただけるなんて、光栄です」

「嬉しいよ。ぜひうちの娘をよろしく頼みたい」

父はすっかりその気になって、そうかそうかと大喜び。

「や、ちょっと待って。武凪さんが困ってるから。ええと、武凪さんもはっきり言ってやってくださいね？　うちの父、ちょっと思い込みが激しいところがあるので」

しかし、彼は穏やかな笑みを浮かべたまま。

不意にこちらに向いた漆黒の双眸は意志が強そうで、パワハラなんかで折れるタイプではない気がした。

「僕でよければ喜んで。もちろん、璃子さんが快く了承してくれるならの話ですが」

「え……」

肯定され、ぴしりと固まる。まさか武凪さんは、父の話に乗り気……？

「言っておくが璃子、父さん、パワハラなんてしてないぞ？　武凪くんには常々、うちには男に縁のない独り身の娘がいて、そろそろ婚期が迫っているから心配で仕方がないと相談していたんだ」

「お父さん、周りの人にそんな相談してるの……？」

ってことは脳外科のみなさんに〝道根先生の娘さんは男に縁がなくて独り身で〟って噂されているかもしれないってこと？

武凪さんが眉をハの字にして温い目で微笑む。ああ、恥ずかしい……。

「とにかく、武凪くんも了承してくれたから、璃子を紹介したんだ」

「了承って……」

父は最初からこの提案をするつもりで――お見合いのつもりで私をここに呼んだのだろうか。事情を知らなかったのは私だけ？

「こんなにできた男は他にいないぞ、璃子？　ほら、見た目だっていい男だろう？」

「それは……す、素敵な方だと思うけど」

確かに、武凪さんのルックスはお世辞抜きにカッコいい。

医師で将来有望で見た目もカッコいいなんて、こんな好条件の男性、望んだってそうそう巡り合えないだろう。

「でも、初めてお会いした方といきなり結婚なんて言われても……」

いくら父が信頼している男性だからって、結婚を即決できるわけがない。

私が期待通りの返答をしなかったせいか、困ったように嘆息する父。

「すまないね。うちの娘が贅沢を言って」

「いえ。きちんとご自身で思考なさる、道根部長によく似た実直なお嬢さんだと思いますよ」

武凪さんは目を閉じて、感じ入るように漏らす。私の内側を見てくれたような気がして、ほんのり胸が熱くなる。

「璃子。すぐに決断できないというなら、まずはふたりで食事をするところから始めさせてもらったらどうだ？　今、お付き合いしている男性はいないんだろう？」

「それはもちろん。いないけれど……」

父の提案に、ちらりと武凪さんを覗き見て様子をうかがうと、柔らかな笑みが返ってきた。

「もちろん、それでかまいませんよ」

彼の長い睫毛がぱちりと上下する。ゆるりと湛えた微笑みは、人がいいだけでなく思慮深さや狡猾ささえ感じられて……。

うまく理由は説明できないけれど、ただ父の言いなりになってお見合いに応じているわけではない気がする。

「よろしくお願いします。璃子さん」

そのひと言に、うまく丸め込まれてしまった。非の打ち所がない相手に「嫌です」なんて言えるわけもない。

「……こちらこそ」

自分の気持ちも相手の反応も探り探りのまま、結婚を前提としたお試し期間が始まってしまった。


真宙さんは現役時代の父よろしく、手術の予定やオンコールの当番——急患に備えた自宅待機が多くとても忙しい。

とくに脳外科の手術は専門性が高く、通常の外科以上に人手不足。オフでも病院から緊急の呼び出しがしょっちゅうかかる。

加えて、難易度の高い手術を父と真宙さんのふたりで裁いている状況。デートの予定を立てるのもひと苦労である。

それでも月に一度、私と過ごす時間を作ってくれるのだから、彼の誠実さが伝わってくる。

初めてのデートは、父との会食から三週間後。仕事の帰りに待ち合わせをしてスペイン料理を食べた。

彼はとにかく優しくて、私のペースに合わせてくれる。なにを注文しようか迷っていると、さりげなくアドバイスをくれるし、私の目線を読んで「あれ、美味しそうだよね。食べてみる？」と提案してくれたりする。

お店のチョイスの仕方も絶妙で、父が選ぶような肩肘張る高級店ではなく、カジュアルながらも特別感のあるお洒落なお店を選んでくれる。

とにかくスマートな人だなあという印象。デートというものがよくわからず、つい相手の顔色をうかがってしまう私には、彼の自然なリードがありがたかった。

〝経験豊富な大人の男性〟とは彼のような人を言うのかもしれない。

なんというか、私にはないものを持つ彼が眩しくて、素敵で、それが恋かどうかはわからないけれど、憧れという意味では間違いなく彼に魅了されていた。


映画を観終わった私たちは、ディナーの店へ移動した。

事前に『なにが食べたい？』と聞かれていた私は、『普段はなかなか食べられないものがいいですよね』なんて無茶ぶりをしてしまい、我ながら幹事泣かせのオーダーだったと反省している。

そして彼が予約してくれたのは、ラグジュアリーなアジアンダイニング。夜景も楽しめて寛げるハイセンスなお店で、リクエストにぴったりだった。

「このマカロン、美味しい！」

スイーツではなく前菜として出されたマカロンは、チーズとハーブがふわりと豊かに香って、サクサクした触感で濃厚な味わいだ。とても美味しい。

大きなエビの入ったトムヤムスープやロブスターのグリルなど、豪華なお料理が続々と運ばれてきた。

「本場に近い味だね。香草の風味が強いけど、大丈夫？」

「はい！　とても美味しいです。真宙さんはいかがですか？」

「僕も好きだよ。このお店は初めてで、ちょっとした賭けだったんだけど、気に入ってもらえてよかった」

そう言ってスープを口に運ぶ。私のためにお店を探してくれたのだと思うと、心がふわふわしてくる。

「映画の方は、どうでしたか？　……楽しめました？」

「ああ、主演の俳優さん、若いのに演技が上手だね。芝居に泣かされたって感じだな」

「わかります！　ドラマではコミカルな役が多いんですけど、今回はシリアスで、しかもすごく演技と世界観がマッチしていて」

彼が普段はあまり観ないという恋愛映画を楽しんでくれたのがとにかく嬉しかったし、安心した。ついつい饒舌になってしまう。

「再会のシーンはきゅんとしてしまいました。主演の彼が本当にカッコよくて」

「……璃子さんって、ああいう男性がタイプ？」

あまりにも浮かれていたせいか、真宙さんがプッと吹き出しながら尋ねてくる。

「あ、いや……あくまで芸能人として。現実とは違いますし」

「好みなんだ」

「いやいや、大事なのは顔じゃなくて心ですからっ」

「冗談だよ、芸能人に嫉妬したりしないから大丈夫」

嫉妬だなんて。ちなみに、主演の彼より真宙さんの方がさらにカッコいいですよ、とは言えない……。

むしろ彼はどんな女性が好みなのだろうか。私と真逆だったらどうしよう。

「……真宙さんは、どんな女性がお好きですか？」

「僕は璃子さん一択だよ」

そうきたか。思わず赤面して目線を逸らす。

「っ、そういう意味ではなくてですね」

たまに恐ろしいくらいの褒め言葉を恥ずかしげもなく言いのけるところは、本当にすごいと思う。やっぱり色男の素質がありそうだ。

不意に彼があらたまって「ねえ璃子さん」と尋ねてきたので、私はちらりと目線を彼に戻した。

思いのほか真剣な顔がそこにあって、私は姿勢を正す。

「もしよければなんだけど。もう少し距離を縮めてみない？」

「……と、言いますと」

「結婚を前提としたお付き合いをしませんか？ってこと」

突然の提案に驚いて、騒ぎ出した鼓動をごまかすように唇を引き結ぶ。私が緊張したのを悟ったのか、彼が苦笑した。

「お付き合いするからなにが変わるとか、具体的に考えているわけじゃないんだ。もちろん、やましい気持ちもないよ。ただ友人と恋人では向き合い方が違うし、より深い話もできる気がする」

穏やかな語り口調からは、彼の言う通りやましさなど微塵も感じられない。

シンプルに彼は、このままお友達を続けて探り探りやっていくよりも、きちんとお付き合いした方が理解し合えると思ったのだろう。

「それに、さっきも言った通り、このままだと友達で終わってしまうかもしれないし。僕は璃子さんに、友達以上のものを感じているんだけど」

不意に目を艶っぽく細めて言うものだから、ドキリとする。

「このまま友人の振りをするのは、フェアじゃないと思ったんだ」

これは提案というより、彼の意思？　私を好いていると——女性として好感を持っていると伝えてくれている？

「……私で、よければ」

断る理由などない。私だって充分彼に惹かれているのだから。

それが憧れか恋か、はっきりと自覚はできないけれど、きっと男女のそれに近いものなのだと思う。

「よかった。断られたらどうしようかと思ったよ」

彼が安堵したように笑う。いつも上品な彼がこぼした無邪気な笑顔がどこかかわいくて、胸がキュンと疼いた気がした。

その日の夜。私は父のいる書斎を訪ね、真宙さんとの関係を報告した。

「引き続き検討中ではあるけれど、結婚を前提にお付き合いをしていこうって話になったの」

父は一瞬驚いたように固まったが、次の瞬間には「そうかそうか」と豪快な笑顔になった。

「だから言っただろう。武凪くんは璃子に相応しい男だって」

「私に相応しい、はちょっと傲慢じゃない？　どっちかっていうと、私が真宙さんに相応し――って」

話しているそばから父がそわそわしだし、腰を浮かせて「母さん～！」と声を張り上げる。妙に揚々とした声に、嫌な予感がした。

「ちょっと待って。なんて報告しようとしてる？」

「そりゃあもちろん。璃子が婚約を決めたと――」

「どうして婚約になっちゃったの？　お付き合いって説明したばかりでしょう!?」

「結婚を前提とした交際だろう？　婚約じゃないか」

「違う違う、早とちりしないで。あ、真宙さんにプレッシャーをかけるような真似はくれぐれもしないようにね？」

それはパワハラよ？と念を押して、はやる父を宥《なだ》める。

明日、病院で真宙さんが父から根掘り葉掘り聞かれなければいいんだけど。浮かれ切って母に報告する父を見ていると、不安しかなかった。

一週間後の土曜日。私は母の通院に連れ添って、父の勤める永福記念総合病院に向かった。

病院は家から徒歩二十分程度。お天気さえよければ歩いていくのだが、今日はあいにくの雨。気温も低く冷え込んでいるので、タクシーを使うことにした。検診を受けにいって風邪を引いたのでは、元も子もないから。

「武凪さん、働いてらっしゃるかしら？」

タクシーの中でそう漏らしたのは母だ。真宙さんとまだ顔を合わせたことがなく、父があまりにもいい男と連呼するものだから、気になっているらしい。

「もしかして、やけにお洒落をしているのはそのせい？」

メイクが普段以上に入念だし、検診にブランドもののバッグを持っていくなんて、今までしなかった。あからさますぎる……。

「野暮ったいお母さんなんて思われたら嫌でしょ？」

チークが綺麗にのった頬を押さえながら母が言う。

「そんなこと思われないから大丈夫よ。だいたい、検診で顔色が隠れるほどお化粧しちゃダメじゃない。お医者様は顔色だって見ているんだからね？　……まあ、うちの場合は担当医がお父さんだから許されるとしても」

立場が立場なだけに外来にはあまり顔を出さない父だが、この日ばかりは診察室へやってきて母を診てくれる。母を大事に思ってくれているのがわかる。

「真宙さんは勤務中なんだから、ご迷惑をおかけしないようにね。会いたいなんて無茶言っちゃダメよ？」

「はーい」

一応は引き下がってくれた母だけど、病院に足を踏み入れた途端きょろきょろと辺りを見回し始め、落ち着かない様子だ。背が高い医師を見かけては「ねえ、あの人？」と尋ねてくる。

私は「違うわよ」とあしらいながらも、母に影響されてついつい真宙さんの姿を探してしまった。

白衣を着ている彼を見たいという気持ちもないと言えば嘘になる。多分……間違いなく……カッコいい。

「璃子こそ、ちょっとそわそわしてない？」

途端に見抜かれて顔が熱くなる。「お母さんが変なこと言うからっ」とごまかして、受付で手続きを済ませ脳外科の外来に向かった。

母は三年前、軽い脳梗塞を起こした。右手に痺れが出て、すぐに気付いた父が精密検査を受けさせ、早期発見できたおかげで大事には至らなかった。

以来、数カ月に一回のペースで定期検診を受けている。

「この病気さえなければ、世界一周クルーズに行くのに」

母の趣味は旅行。豪華客船に乗って世界一周をするのが夢らしい。

子育ても一段落して、そろそろ——というタイミングで脳梗塞になり、父から『長期の旅行はしばらく控えてくれ』と言われてしまった。

世界一周となれば、何カ月も船旅をすることになる。船内には医者もいるが、手術が必要になるほどの重篤な患者は対処できない。

万一の場合は最寄りの港で下船したり、ドクターヘリで搬送したりすることになるのだが、現地に優秀な医師がいるとも限らないし、搬送にどれくらい時間がかかるか……とにかく不安が多い。

「経過がよければ行けるって、お父さん言ってたじゃない。それに、退職したら一緒にクルーズに行くって約束してくれたんでしょう？」

「そうね。その時までに体調を整えとかなくちゃ」

父が連れ添ってくれるなら安心だ。今忙しくしている分、退職後は夫婦で旅行を楽しんでほしい。

「それにしても、ここは暑いわね」

母が待合スペースの長椅子に座りながら手をパタパタさせて顔を扇いだ。

空調の効いた室内は外と比較するとかなり暖かい。加えて、母が着ているミンクとレザーをパッチワーク状に繋ぎ合わせたトップスが暑いのだろう。

「無理してブランド物を着てくるから……。水分は持ってきた？」

「あー、忘れてたわ」

「もう。こまめに水分補給するようにって言われてるでしょう？」

水分不足は脳の大敵、脳梗塞の原因にもなる。冬だって脱水するのだ。私は「飲み物買ってくる」と立ち上がる。

「ごめんね璃子。いつものアレ、お願い」

よりにもよってアレ?とため息をつきながらも、私は院内のコンビニに向かう。

自販機や売店なら近くにあるのだが、母の言うアレ――『永福記念総合病院限定・アサイー炭酸水』は、外来棟のさらに奥、入院棟の脇にあるコンビニにしか売っていない。

ビタミンや食物繊維、カルシウムや鉄分なども含まれている栄養たっぷりの炭酸水で、遠方からわざわざ買いにくる熱心な愛飲者もいるのだとか。

「確か、こっちが近道だったような……？」

中庭を突っ切るルートも考えたが、なにぶん外は雨。なんとか院内の連絡通路を駆使して目的地に向かう。

改築を重ねることで入り組んでしまった廊下を伝い、入院棟を目指すけれど——。

「あれ……」

気が付けば真逆の検査棟にいて、見たことのない通路が続いている。

「曲がる場所、間違えたかな……？」

フロアマップを頼りに、なんとか入院棟らしき場所に辿り着いたものの。

「ここ、棟のどの辺りだろう？」

いっそ外に出て歩こうか。そう悩んでいた時。足元に小さなボールが転がってきて、危うく蹴り飛ばしそうになった。

「おおっと」

見れば子どもたち三人がゴムボールを転がして遊んでいるではないか。

パジャマを着ている彼らは、きっと入院患者だろう。点滴をしていないし顔色もいいから、退院間近なのかもしれない。

でもいくら元気だからといって、患者や体の不自由な人が通るこの道でボール遊びはいただけない。

「ここで遊んでいたら危ないよ」

男の子の顔がこちらを向く。その瞬間、その子の取りこぼしたボールが、廊下をころころと転がっていってしまった。

ボールは運悪く【関係者以外立ち入り禁止】と書かれた看板の奥へ。

「あ」

困った顔でこちらを見上げる子どもたち。

「……た、確かに、今のはお姉ちゃんが話しかけるタイミングも悪かったと思う」

ボールをなくしてしょんぼりする子どもたちに弁解する。

周囲には『ボールを取ってきてくれませんか』とお願いできそうな病院関係者も見当たらない。さて、困ったな……。

その時、ひとりの男の子が「くしゅん」とくしゃみをした。

「大丈夫？　パジャマ姿じゃ寒いでしょう？」

男の子の唇はちょっぴり紫色だ。ただでさえ入院中なのだし、一刻も早く暖かい病室に戻った方がいいと思った。

「私がボールを取ってくるから、君たちは先に病室に戻っていてくれる？」

三人がこくこくと頷く。うちひとりが「小児整形外科の、プレイルームにあったボールだよ」と教えてくれた。

「オッケー。じゃあ私がそこにボールを返しておいてあげる。三人はちゃんとお部屋に戻って、ゆっくり休むこと」

「はーい」

三人が病棟の奥へ戻っていく。私は「さて」と、【関係者以外立ち入り禁止】と書かれた暗い通路に向き直った。

「失礼します～……」

誰にともなく声をかけて、通路の奥へ足を踏み入れる。おそらく物置として使っている場所なのだろう、周囲に人気《ひとけ》はなく、静まり返っている。

細く薄暗い通路が続いていて、数メートル先には曲がり角。角の先を覗き込むと、資材庫らしきドアが左右にふたつずつ。それぞれの部屋を隔てるように通路がある。

ボールは真正面の壁の手前に転がっていた。

あった……！

無事にボールを発見できた安堵と、関係者に見つかり怒られずに済んでよかったなんて安心感もあり、ホッと胸を撫で下ろした私は、足音を忍ばせてボールを取りに向かう。その時――。

「ねえ、待ってよ。行かないで」

吐息を混じらせた女性の、官能的な声。背筋が一瞬ぞわりとして、思わず足を止めた。右の通路に誰かいる。

「ダメだよ。人が来る」

今度は男性の、柔らかな低音ボイスが響く。その声に聞き覚えがあって、私は咄嗟に壁に張りついて身を隠した。

「来ないわよ。だから私をここに誘い込んだんでしょう？」

「話をする場所が他になかったから連れてきただけだ。誘い込んだ覚えはないよ」

宥める男の声は、主張とは裏腹に甘く優しい。まるで女性の心を撫で溶かすよう。

声の主にすっかり絆されている様子の女性が、吐息を荒くする。

「いっつもそうやって焦らすんだから。ねえ、次はいつ会えるの？」

「予定、調べておくね」

「そればっかり」

現場を見なくとも、ふたりの声を聞いているだけで、やんごとなき密事であるとわかる。だが、それ以上に気がかりなのは、男性の声に心当たりがあるからで——。

「今して。じゃないと私、我慢できない」

「応えたいのはやまやまだけど。一応、勤務中だから——」

見てはいけない。今すぐ立ち去った方がいい、そう本能がアラートを発している。けれど、心の奥底から湧き上がってくる、確かめなくてはという義務感が私を突き動かした。

ゆっくりと通路の奥を覗き込む。そこには——。

「キスはまた今度」

男性の胸にしがみつくように顔を埋めている髪の長い女性。そして男性の方は白衣のポケットに手を突っ込んだまま、無抵抗に、でも艶っぽい眼差しで女性を見下ろしている。

その横顔が、間違いなく私の見知った彼で、咄嗟に身を引っ込めた。

……どうして？

声をあげそうになり、口元を押さえる。

こんなところでなにをしているの？　その女性は誰？　どういう関係？

頭の中が疑問符でぎゅうぎゅうになり爆発しそうだ。

「本当にあなたって、悪い男ね」

ヒールの音がカツンと鳴り響く。どうやら女性がこちらに来るようだ。

まずい、見つかる——私は慌てて脇の資材庫の、開きっぱなしになっていたドアの陰に身を隠した。

カツカツと足音が近付いてきて、女性が通り過ぎる。

一瞬だけ彼女の華やかな顔立ちが目に入った。艶《あで》やかなメイクをしたゴージャス系美女だ。服装も煌びやかでおそらくハイブランド。素敵だけどどこか場違いで、病院関係者とは思えなかった。

女性の足音が遠ざかり、やがて完全に聞こえなくなる。

男性の方はどこへ向かったのだろう、いつまで経っても足音が聞こえてこないけれど。逆方向に立ち去ったのだろうか。

あれから一、二分は経った。さすがにもういないよね？　恐る恐る資材庫の外に顔を覗かせてみると。

「そんなところでなにをしてる？」

た。
「きゃあっ！」
ドアの前に悠然と笑みを湛えた真宙さんが立っていて、驚きのあまり尻もちをつい
「璃子さん……？　どうしてここに？」
そこにいたのが私だとは思っていなかったみたいだ、不思議そうに声をあげ、こち
らに手を差し伸べてくる。
ためらっていると、彼は困ったように眉をひそめ、私の両腕を支えて少々強引に立
ち上がらせた。その体が震えていることに気付いたらしく、すっと目を細め、首を傾
げる。
「まさか、君がこんなところにいるとは思わなかったよ。いったいどうして？」
怒っているわけでも、焦っているわけでもない、穏やかな口調。
あんな情事を見られてどうして平然としていられるのだろう。私はどんな顔をすれ
ばいいのかさっぱりわからないというのに。
「あの……ボールが……」
動揺しながらもなんとか言い訳を口にすると。
「もしかして、これのこと？」

彼がポケットの中から油性ペンで【小児整形】と書かれたゴムボールを取り出したので、私は大きく首を上下させ頷く。

「そこに落ちてたよ。どうしてこんなものがあるのか、不思議に思ってたんだが」

「子どもたちと約束したんです。そのボールを、プレイルームに返すって」

「了解。ならこれは僕が返しておくよ」

そう言ってボールをポケットにしまう。「それで――」と話題を切り替えると、私に押し迫るように暗い資材庫の奥へと足を進めた。

「質問の続きだ。君はどうして、こんな場所に隠れているの？」

「それは……その、ボールを取りに来たら、真宙さんが――」

「僕が女性と一緒にいたから、思わず隠れちゃった――って？」

再び苦笑する彼。私がアレを見ていたと、とっくに気付いている。

それならどうして弁解しないの？　それとも、あの女性とはなんの関係もないと言い張るつもりだろうか。

いずれにせよ、これ以上ごまかしたところで意味はないので、真正面から尋ねようと覚悟を決める。

「あの方は真宙さんの………彼女、ですか？」

ストレートに問いただすと、真宙さんは「違うよ」と答えてにっこりと笑った。

「しつこくつきまとわれて困ってるんだ。病院の中まで追いかけられて迷惑してる」

思わず「え……」と呟きを漏らす。とても困っているような態度ではなかったけれど……。

「親しそうに見えたんですが」

「彼女、内科部長の娘だから。立場上、無下に断れなくて」

人当たりのいい笑みの中にほんのり困惑を滲ませる。

納得しつつも、なにかが引っかかった。あの思わせぶりな発言は、彼女に期待を持たせようとしているように聞こえたから。

「もしかして、僕が浮気していると思ったのかな？」

柔らかな口調で近付いてくる彼。不意に顎に指先をかけられ鼓動が騒ぐ。

「心外だな。僕が愛しているのは君だけなのに」

その言葉で違和感の正体にようやく思い至り、彼の胸を押し返した。

お付き合いを始めたばかりなのに、なぜ『愛している』だなんて断言できるのか。

答えは簡単だ。本当は愛していないから。聞こえのいい言葉でうやむやにしようとしているだけ。さっきの女性に対する態度と私に対する態度が同じだということにようやく気付いた。

彼が、すっと目を細める。

「どうしても、信じられない？」

「……本当は私のことをどう思っているんですか。もしかして、真宙さんは――」

尋ねようとした、その時。彼が一歩を踏み出した。

唐突に距離を縮められ、唇を塞がれる。

「んっ……」

あまりに一瞬の出来事で、抵抗すらできないまま、唇を欲しいままにされた。

触れた唇と唇の隙間から漏れる甘い水音。食むように舐め取られ、離れたかと思えばまた吸いついてきて、息つく暇もなく隙間から舌を捻じ込まれる。

「っ、まひ……ろさ……」

慌てて身じろぎすると、今度は手首を掴まれ、壁に強く押しつけられた。

横暴な、征服するようなキス。忍び込んできた舌が、私のそれを追いかけてきてくすぐる。

どうしたらいいのかわからなくて、そもそも身動きも取れなくて、壁と一体化したかのように固まった。さんざん深くを探られた後、彼の舌が引っ込んでいく。

「……んあっ……」

喉の奥から漏れ出る吐息。ようやく解放されたかと思えば、再びキスをせがまれ、首筋を掴まれる。

耳のうしろに指先があたり、ぞくっとした。ほんの一瞬湧き上がる快楽。そんな自分に罪悪感を覚え、咄嗟に彼の胸に手をついた。

「やめて――」

憧れていた人からのキス。以前なら純粋に胸をドキドキさせて喜んでいただろう。なのに、ちっともそんな気分になれないのは、気持ちがこもっていないと気付いてしまったからだ。

「急にっ、こんなことするなんて――」

身じろぐと、彼はさも不思議そうな顔で「急に？」と覗き込んできた。

「ずっと、したかったんだよ。君が気付かなかっただけだ」

雄々しいながらも艶っぽく、色めいた眼差し。嘘だ、こんな目をする彼を私は知らない。

今度こそ強く彼の体を突き飛ばし、倉庫の入口に向かって走り出す。

しかし、すんでのところで腕を掴まれ引き留められた。

「言っただろ？　僕の気持ちは友達以上――君を女性として見てるって。本当はもっとひとつになりたいって思っているけど？」

うしろから全身を包み込むように抱き竦められ、その温もりにめまいがした。

これもきっと嘘。彼は多分、誰も愛していない。

「君が許してくれるなら、僕はどこまでも愛してあげられる」

彼の指先が、もの欲しげに私の腰を辿る。

騙されないで、絆されるな、心を許しちゃダメ。そう自身に言い聞かせるも、勝手に鼓動が高鳴り、体が熱く疼いてくる。

「……放してください」

声を絞り出すと、ようやく彼は私から手を放してくれた。

私は資材庫を出て、人気のない廊下を駆け抜ける。近くのガラス扉から雨の降る外へと飛び出した。

「送信……と」

ドイツ語のメールを打ち終え、時間を確認する。十七時五十分——定時内に終わったことに安堵しつつ、スケジュール管理ソフトに今日の進捗を入力した。

私が勤めている会社は、ドイツの美容ブランドの日本法人『アガーテ・ボーデ』。化粧品の製造、販売を行っている企業で、現地とのやり取りもあるため、私が得意なドイツ語が役立ちそうだと就職を決めた。

マーケティングに関連する部署なのだが、本社とは時差があるためリアルタイム性を問われる業務は少なく、残業もほぼない。その分、限られた時間で作業を終えなければならず、メリハリのある毎日を送っている。

定時の十八時になり周囲が帰り支度を始める中、隣の同僚——今年配属されてきたばかりの元村《もとむら》さんがまだＰＣを睨んでいることに気付き、私は声をかけた。

「……なにか困ったこと、あった？」

「ああ、道根さん。このドイツ語のメールの日本語訳なんですけど……この一文、

『こっちは完璧に整ってる』で合ってます？　なにかのプレッシャーかな？　謝罪した方がいいでしょうか？」

そう不安げに言って、マーケティング本部から届いたメールの最後の一行を指さす。

「『fertig――』ああ、これはね、慣用句をちょっともじってる。すごく疲れたって意味。世間話だよ」

「なあんだ～……」

気が抜けたのか、元村さんは胸を撫でおろして椅子に深くもたれた。

「返信に労りの文章を入れておいてあげて」

「了解でっす」

返信用の文章は用意していたようで、キーボードとマウスをスムーズに操作し、最後にエンターキーをパチンと打ち込む。

「完了っと――道根さん、助かりました。それにしてもドイツ語、詳しいですね」

「学生時代に留学してたからかな。だいたいの文章は定形だから慣れちゃうんだけど、今みたいなのは難しいよね」

「いやー、焦りました。ネイティブなの、ぶっこんでこないでほしいですね」

思わずくすくす笑ってしまった。日独のやり取りは、基本的に誰もが読めるシンプ

ル な文章を心がけているのだが、今のは向こうの担当者がつい愚痴を漏らしたのか、あるいはちょっとした気遣いのつもりだったのかもしれない。

「なにかあったら、気軽に聞いて」

「お言葉に甘えさせていただきます。お疲れ様でした」

「お疲れ様」

彼女にそう声をかけ、ロッカーに荷物を取りに向かう。

十二月の下旬で、外は極寒。カシミヤのコートにマフラー、ショートブーツ、そして手袋という完全防寒スタイルでオフィスビルを出る。

外に出た途端、覚悟していた通り北風が吹きつけてきた。胸元を押さえて身を小さくしながらビルがひしめき合うオフィス街を抜けて、駅に繋がる地下通路に滑り込む。

こうして仕事から離れて冷静になると、どうしてもぼんやり考えてしまうのは、真宙さんとのこと。

年末年始の急患で忙しい時期になる前に、一度デートできたらと話していたのだけれど、あれから連絡は来ていない。

彼にファーストキスを奪われ混乱し、逃げ帰ってきたあの出来事から二週間と少し。

頭の中は彼のことばかり。……どちらかというと、悪い意味で、だ。

あんなに穏やかだった真宙さんが、強引にキスをしてくるなんて……。

今でも唇に、腕に、腰に、触れられた感触が残っていて、思い出すと意図せず体の奥が熱くなってしまう。あの猛々しい目が脳裏にちらついて、私の体を昂らせる。

でも、彼がキスをしたのも『愛しているのは君だけ』なんて口にしたのも、好意なんかじゃなく、不審がる私を宥めるため。疑惑をごまかすためだ。

最初から不思議には思っていたのだ。いくら父と親しいからって、なぜよく知りもしない私との縁談を了承したのか。

私はお世辞にも美人とは言えないし、ひと目惚れされるようなタイプの人間でもない。内面を理解してもらえるほどの会話もなかった。なのに彼は初対面の私との結婚に嫌な顔ひとつせず応じたのだ。

そのわけをずっと考えてきたけれど、思いついた理由はひとつだけ。

あの時の女性と私に共通点がある。彼女は内科部長の娘、そして私は脳血管部門の部長の娘――つまり私たちは、あの病院内において権力を持つ人間の娘だということだ。

永福記念総合病院は大学病院などと比べて上下関係は比較的緩く、時間をかけて根回しをしなくとも、きっかけと実力さえあれば上に立てると父に聞いたことがある。

院長、副院長に次いで権力を持つのは各部門の長、つまり父たちだ。父のお気に入り、加えて技術もあるとくれば、発言権はぐっと増すだろう。

彼は権力目当てで私に近付き、婚約を了承した……？

そう考えれば腑に落ちる。私と結婚したいのではなく、部長の義息という肩書きが欲しいのであれば。

それがどれほどの権力なのか私にはよくわからないけれど、仮に推測が正しかったとして、そもそも彼はあの病院で権力を握り、なにをしようとしているのだろう？

家に帰ると、久しぶりに早く帰宅していた父とリビングで顔を合わせた。

「璃子。あれから武凪くんとはどうだ？　仲良くやっているか？」

予想通りの質問が飛んできて、ぎくりと固まる。私たち親子の間でホットな話題といえばこれなのだから仕方がない。

とはいえ、先日の出来事はとても父には報告できない。

「……真宙さん、忙しいみたいで。あまり連絡が取れてないの」

忙しさに心当たりがあるのか、父は「それもそうか」と頷いた。

「先日、難しいオペがあってな。彼がアメリカ発の最新型画像ナビゲーションシステムを導入したいと言うから承認したんだが。準備や段取りをひとりでこなしていたから忙しかったんだろう」

「そう、なんだ……」

連絡が来なかったのは気まずいどうこうではなく、実際に忙しかったかららしい。

「だがそれも落ち着いたはずだから、そろそろ連絡が来るだろう」

「……うん、待ってみる」

どこか空々しく返事をして食卓に着き、「ねえ、お父さん」とあらためて尋ねる。

「真宙さんって、どんな人？　……その、お父さんや周りの人からは、どんな風に見えているのかなって」

「前にも話したが、とても優秀な医師だぞ。手術の腕もいいが、なにより向上心の塊のような男でな。今言ったように、欧米の最新システムを積極的に取り入れようとしたり、新しい手術の方式を試そうと提案してきたり……貪欲すぎて父さんが置いていかれそうになるくらいだ」

あっはっはと清々しく笑う。冗談混じりではあるものの、真宙さんを褒めようとしているのは純粋に伝わってくるから、彼を誇らしく思っているのは確かなようだ。

まあ、父が『君ほど信頼できる医師はいない』と明言するくらいだから、仕事に対して真面目で誠実なのは間違いないだろう。

「周りの評判もいい。なにしろ、彼は気さくだろう？　仲間の医師たちとも仲良くやっているし、看護部の女性たちからは王子様扱いされている」

「そうね……それはなんかわかる」

「……まあ、全員から好かれているというわけではないがな」

ぽつりと漏れたひと言に、私は思わず「え」と眉をひそめる。

「それだけ優秀な人なら、妬む人もたくさんいるでしょう？　〝アンチ〟ってやつね」

キッチンのカウンター越しにそう声をあげたのは母だ。

ついでに「璃子、運ぶの手伝って」と呼びつけられ、私は立ち上がる。

よそい終わったご飯やお味噌汁、おかずが調理台に並んでいて、私はそれらをトレイに載せてダイニングテーブルに運んだ。今日の献立はぶり大根に生姜の炊き込みご飯、冬野菜のグラタン、そしてお味噌汁だ。

ちなみに母は料理中にキッチンに入られるのがあまり好きではなく、私のお手伝いはもっぱら食前食後の食器運びである。

「それで……真宙さんには〝アンチ〟がいるの？」

食器を運びながら尋ねると、父は「どこの世界もそういうもんだ。出る杭は打たれる」と重く呟いた。もしかしたら父自身もかつて〝出る杭〟だったのかもしれない。

「古参は若い彼を嫌がるし、保守派は最新式の治療に否定的だ。武凪くんの向上心を〝出世狙い〟だと形容する人間もいる。陰で〝手術狂〟なんて呼んでいる者たちも」

「手術狂……？」

「高難度の手術を嫌な顔ひとつせずこなすからなあ。そんな彼を見ていると、好き好んで手術をしているように見えるんだろう。実際は他の医師が技術的に頼りなくて任せられない分、彼が受け持ってくれているだけなんだが……ああ、大根の味が染みていてうまそうだ」

父が嘆きながらも、皿の上のぶり大根を見て満足げに唸る。

「それって随分じゃない？　自分ができない手術を他人に任せておきながら、文句を言うなんて」

「彼らには〝できない〟という自覚がないんだ。手術のゴールは人によってそれぞれだからな。麻痺が残っても生きてさえいれば成功という医師はいるが、それを失敗と呼ぶ医師もいる。私や武凪くんは後者だが、かといって前者をいちいち批判していたら世の中から脳外科医がいなくなってしまう」

話を聞きながらゾッとする。手術をされる側からすれば恐ろしい話だ。自身の人生が左右される手術結果が、医師の技量と価値観によって変わってしまうのだから。

「もちろん事故が起こらないよう万全の体制は整えている。だが、全患者に最上の執刀医を、というわけにいかないのはわかるだろう？」

そんなことをすれば、お父さんや真宙さんの体が保たない。というか、足りない。

一部の医師の技量が飛び抜けているからといって、他の医師が悪いとも言えない。

「まあつまりは、武凪くんはうちの病院になくてはならない存在ってことだ。……どうだ？　惚れ直したか？」

にやりとした顔で覗き込まれ、ハッと我に返る。

真宙さんについて尋ねたのは、惚れ直したいからじゃなくて、疑っているからなのに。

どんなに掘り下げても共感しか湧かないなんて、よほど立ち回りが上手なのか、あるいは本当に善良なのか――いや、善良な人が急にキスしてくるとも思えないけれど。

「ちなみに、真宙さんが私と結婚したら――部長の息子になったら、出世をするの？」

おずおずと尋ねてみると、父は「そんなわけはない」と一蹴した。

「うちの病院は実力主義だからな。腕がよくなきゃあ、上には行けない」

しかし、遅ればせながら食卓に着いた母が、いただきますと手を合わせながら「そうかしら」と漏らす。

「部長の息子だからって媚びを売る人もいるんじゃない？」

「まあ、多少はいるだろうな。武凪くんに不満を持っている連中も、私の息子となれば態度をあらためるかもしれない」

「それにお父さん、気に入った人にはとことん甘いから。義理の息子にお願いごとなんてされたら、全部オーケーしちゃうでしょう？」

母の言葉に、私はご飯を口に運びながら思案する。

「真宙さんが部長にお願いしたいことってなんだろう？」

「璃子なら、部長さんになにをお願いする？」

「うーん……『私の企画、見てください！』とか？」

すると父は、「まさに言いそうだ」と顎に手を添えた。

「たとえば、今回導入した最新型画像ナビゲーションシステム、あれを承認するまでに一年以上かかっている」

彼があの病院に来て一年半と少し。つまり、招聘《しょうへい》直後の申請が、今になってようやく通ったということだ。

予算の問題もあるだろうし、体制的な問題もあるのかもしれない。それこそ〝アンチ〟の人たちの反対意見とか。

「手術方式についてもそうだ。新しい論文が発表されたとしても、すぐに試してみようとはならない。彼ができても、助手がついていけないんじゃ、リスクにしかならないからな。……承認より却下した回数の方が多いくらいだ」

父の許可が下りなければできない施術が数多くある——もしかしたら予想以上に父の影響力は強く、その権力は魅力的なのかもしれない。

「武凪くんはちょいとばかし……向上心が強すぎる。手術はひとりでやるものではないんだ」

「ついてこられる人がいない——ってこと？」

「わかりやすく言えばそうだ」

患者のために最新の技術を、そう考える真宙さんには頭が下がる思いだけど、チームのバランスを考えて、あえて安全牌を選ぶ父も正しいと思う。

だが、真宙さんが父の選択に不満を持っている可能性はあると感じた。

「お父さんのことだから、かわいい義理の息子にやらせてって言われたら、断れないんじゃない？」

母がいじわるな口調で尋ねる。父は「まさか！」と声を大きくして否定した。

「情に流されたりはせんさ。部長として正しい判断をするのみだ」

「璃子にお願いされても？」

「璃子……と武凪くんが結託したからといってだな……そりゃあ、多少は検討するかもしれないが……だが、脳外科の責任者として――」

なんだか怪しくなってきた。粘ってお願いすれば、押し切れてしまうかもしれない。

父は基本的には厳しい人だが、情にもろい一面もあり身内にはどうしても甘くなる。

まさか真宙さんもそれを見越して？　私と結婚することで、父まで懐柔しようとしている？　それが理想の医療を実現できる手段だと信じて……。

彼が私と結婚するメリット――部長の義息になるメリットが、少しだけ見えたような気がした。


いよいよ年末という頃に、真宙さんから連絡が来た。仕事が忙しく、年内は予定が空けられないという謝罪だ。

それ自体はかまわない。忙しくて大変なのは普段から父を見ていればわかる。

だが、問題は先日の件がうやむやになっていること。

私は少しでもかまわないから話がしたいとお願いして、時間を作ってもらった。土曜日の夕方、病院近くのカフェで彼の仕事が終わるのを待つ。

人気のコーヒーチェーン。店内は満席で賑わっている。約束の時間の十五分前に到着した私は、窓際のソファ席を確保し、彼が来るまで読書をして時間を潰した。

「待たせてごめん」

彼がやってきたのは、約束の時間を五分ほど過ぎた頃。

仕事帰りの彼はグレーのスーツに上品な質感のコート。そしてスマートな微笑。相変わらず秀麗だ。

「お忙しいところ、お呼び立てしてすみません」

「担当患者の容体が安定しなくてね。呼び出しが来たら許してほしい」

そう言って彼は自身の携帯端末をテーブルの上に置く。いつ病院から呼び出しが来ても応じられるようにだろう。

急かされているみたいで落ち着かないが、だらだらと話していても仕方がないし、聞きたいことは早急に聞いてしまおう。

「お時間は取らせません」

「助かるよ。先に注文させてもらうね」

彼がそう前置きして、スタッフの呼び出しベルを鳴らす。彼がホットコーヒーを注文し終えたところで、私は話を切り出そうと彼に向き直り、姿勢を正す。けれど――。

「そういえば、例の小説、読んでみたよ」

今しがた私が読書をしていたからだろう、彼からそんな話題が挙がった。

「もしかして、あの医療ドラマのですか？」

「ああ。僕に似てるって言ってた医師、ひどい女ったらしで驚いちゃったよ」

彼が腕を組んであははと笑う。とくに気にした様子はないけれど、さすがに失礼な気がして慌てて言い訳した。

「あ、あのっ、そういう意味で似ていると言われたわけではないと思いますよ？　あの役を演じた俳優さんに見た目が似てるって意味かと」

「君もそう思ってる？」

「それ……は……」

素直に頷くことができなかったのは、例の件が引っかかっていたからで。

「……少なくともその話が出た時は、そんな意図はありませんでした」

嘘もつけず曖昧に答えると、彼は「今はそう思ってるってことだね」とくすくす笑った。

「じゃあ、まずは弁解させてもらおうかな。僕は物語の中の彼みたいに、女性をとっかえひっかえする趣味はないよ」

注文したホットコーヒーが届く。彼は店員に「ありがとう」と感じよく微笑んだ後、ゆっくりとカップを持ち上げた。

「誤解させてごめん。でも本当に彼女とはなにもないんだ。連絡も取っていない」

「あの女性は内科部長の娘さんだっておっしゃってましたよね。私は脳血管部門の部長の娘。これって偶然じゃありませんよね？」

すると彼は長い睫毛をゆったりと上下して、カップをテーブルに置いた。

「彼女とは機会があって一度食事をしたんだ。道根部長から璃子さんを紹介される前の話だよ。……正直に言えば、気が合うようなら交際をしてもいいかなと思っていた。医師の娘ならこの仕事に理解があると思ったしね」

ふう、と短く息をついて、窓の外を眺める彼。

「でも、そもそも彼女の父親は内科医だし、わかってもらおうとした僕が間違っていたのかも。毎日連絡をよこしてきて、会いたい会いたいとせがまれて。仕事に支障が出るから距離を置くことにした。それだけの関係だ」

言い終えると、にっこりと人当たりのいい笑みを浮かべて私に向き直った。

「だから前にも言った通り。愛しているのは君だけなんだよ」

いつも通り彼は、私に甘くて優しい言葉をくれる。でも、私が喜びそうな言葉ばかり選び取る姿は嘘っぽくもあった。

「真宙さん。私が一番信じられないのは、それなんです。会ったばかりで結婚を承諾して、数回食事をしただけで愛しているなんて……」

私の言いたいことを察したのか、彼がすっと目を細める。

口元にわずかに浮かぶ笑み。でもそれは、今まで私が見たものよりもずっと冷たくて、失笑のようにも見えた。

「出会った時から思っていたけれど、君は賢い子だよね。それから慎重でもある。事実を自分に都合よく解釈せず、しっかり立証しようとする。そういうところは本当に好感を持っているんだけどな」

そう言って前髪をかき上げる彼。あらわになった目からは温度が消えていた。

「……君の言いたいことはわかった。それなら本音で話そうか」

こちらを探るような狡猾な視線に、ぶるっと背筋が震え上がる。

「璃子さんと結婚したいのは本心だよ。君との関係はとても快適だからね。君は毎日電話をしてきたり、長文のメッセージを送りつけてきたりすることもない。月に一度時間を作れば満足してくれる。医師の仕事にとても理解があって、一緒にいるならぜひ君がいいと思った」

まったく嬉しいと感じないのは〝手がかからなくて楽〟と言われているだけだから。

真宙さんが理想としているのは、女性に縛られない生活なの？

「真宙さんって、本当に女性とお付き合いを――結婚をしたいと思っているんですか？」

いっそ独身の方が気楽なのではないだろうか、そう思い尋ねてみたが、「もちろん」と笑顔を向けられてしまった。

「結婚すれば、他の女性からしつこく言い寄られる心配もない。今以上に、仕事に集中できる。なにより、君の父親は脳外科でトップの影響力を持っているし。部長と親しくなることで手術の承認が手間なく下りるのは楽でいい」

悪びれもせず打算を披露する彼に、怒りか、はたまた絶望か、唇が震えそうになる。

「……つまり、私と結婚したいのは、都合がいいからだと？」

「それのなにがいけないの？」

開き直られて唖然とする。彼はパートナーを愛するつもりもなく、ただ自分の都合だけで結婚を持ちかけているのに、それを微塵も悪いと思っていない？

「愛しているって、やっぱり嘘だったんですね」

「愛の有無にかかわらず、僕は結婚相手を大切にするつもりだよ。まあ、四六時中そばにいることはできないけれど、ずっとそばにいるだけが夫婦の形じゃないよね？」

そう同意を求める彼の笑顔から圧を感じる。

「だから、璃子さん。僕と結婚してほしい」

愛の伴わないプロポーズにゾッとした。この人はどこかおかしい、私の常識の外側にいる、そう感じて。

「真宙さんはそれでいいんですか？　愛する人と結婚したいと思わないんですか？」

「真実の愛なんて探していたら、いつまで経っても結婚なんてできないからね」

彼が苦笑する。まるでこの世に愛など存在しないかのような口ぶり。……いや、〝この世に〟というより、〝彼の世界に〟存在していないのだろう。

「だいたい、君の結婚生活に僕の気持ちは関係ないだろ？」

「っ……！」

愛し合うのが夫婦だ。思いやるのが家族なのに。

今すぐ愛してくれなんて言うつもりはないけれど、それでもこの先、愛が生まれる可能性まで否定しないでほしかった。

彼への想いが冷めていくのを感じる。私と彼では結婚に対する価値観も、求めるものも違いすぎる。

「璃子さんなら、僕が仕事ばかりしていても、わがままを言わないだろうな。君はお父さんの仕事をよく理解しているから、僕が忙しいと言えば信じてくれるはずだ。これ以上ないパートナーだと思うよ」

信頼されていると言えば聞こえはいいけれど、ただ利用しているだけだ。

確かにこれまで『忙しい』と言われて疑ったことはなかった。父があんなにも忙しくしているのだから、彼も同じだろうって。そこに不満を感じたこともない。

でも〝愛がない〟〝今後、愛するつもりもない〟というのなら話は別だ。

「私、恋愛結婚をあきらめたくないんです」

お互いの気持ちがなければ結婚は成り立たない――私はそう思って生きてきたし、両親を見てもそう感じる。

彼のように条件を重視した結婚を望む人も世の中にはいるのだろうけれど、残念ながら私には当てはまらない。

「真宙さんみたいに、条件だけで割り切るなんてできません。結婚の話は――」

なかったことに。そう言いかけた時、テーブルの上の携帯端末がぶるぶると震え出した。

彼はすかさず端末を耳に当てると、「ああ――わかった」と短く言葉を交わして通話を切る。

「患者の容体が急変したみたいだ。行かないと」

すばやく立ち上がって、ポケットに入っていた財布から五千円を抜き取った。

「続きはまた今度。年明けにゆっくり穴埋めさせて。ああ、それと――」

伝票の上にそれを置き、わずかに屈んでにこりと微笑む。

「簡単に君をあきらめるつもりはないんだ。僕には璃子さんが必要だから」

「は、はい……？」

執着めいた言葉に驚いて目を丸くした。そんな私にかまうことなく、彼は背中を向ける。

「あのっ――」

慌てて声をかけるも、あっという間に彼は店の外に飛び出していってしまった。

「速い……」

患者の命がかかっているのだから仕方がない――と納得できてしまうのは、父親が医師だからなのだろう。そういう意味では確かに、私と真宙さんの価値観は似ていて、結婚は合理的なのかもしれない。

だからといって、愛が生まれないとわかっていながら結婚はできない。

今すぐにでも結婚の話を断るべきだけれど、『あきらめるつもりはない』と宣言された以上、簡単に引き下がってくれるとは思えない。こちらの気持ちを伝えようにも、今は忙しさを理由に取り合ってもらえないのも予想がつく。

年明けを待つしかない。そう自分に言い聞かせ、落ち着かない気持ちを胸に押し込んだ。


翌日の日曜日。目を覚ますとすでに母はキッチンに立って料理をしていた。

「お母さん、おはよう」

「あら璃子、おはよう。早いのね」

「そっちこそ。どこかへ行くの？」

そう尋ねたところで、調理台に置かれているお弁当箱に気付く。

「お父さん、これから病院に行くみたいなの。昨日から手術続きで休めてないお医者さんがいるから、交代なんですって」

「……そっか。大変だね」

ぼんやりと返事をしながらも、真宙さんのことかなと思う。昨日も呼び出されていたし……。

「今、璃子の分の朝食作っちゃうから」

「ああ、いいよ、私のは後で。今のうちに軽く玄関だけ掃いてきちゃおうかな。綺麗な玄関でお父さんを見送りたいでしょ？」

「璃子ったらいい子！　寒いから気を付けてね」

お茶だけもらって体を温めた後、部屋に戻ってコートを着込み、玄関の前を軽く掃き掃除した。

庭の植物にざっとお水を撒いた後、家の中に戻ろうとすると、ちょうどカーポートで車に乗り込む父とすれ違う。

「お父さん、いってらっしゃい」

「おお、いってきます」

見送ってリビングに戻ると、ダイニングテーブルの上にランチバッグが置いてあって、あれ？と首を捻った。

「ねえお母さん。もしかしてこれ、お弁当？」

「あらやだ、持っていってもらうの忘れちゃった！」

キッチンで洗い物をしている母がしまったという顔をする。

「まあいいわ。お母さんがお昼に食べるから」

「でも、せっかく作ったんだし……。買い物のついでに私が病院に持っていこうか？」

「そう？　……じゃあ、お願いしようかしら」

母にそう頼まれ、朝食を済ませた私は徒歩で病院に向かった。

日曜日のこの時間、正面玄関は使えない。関係者用通路のある通用口に回り込み、部長や役職者だけが発行できる親族用のパスを持って受付に向かう。しかし――。

「……あれ？」

警備員が常駐しているはずの受付に誰もいない。

不思議に思いながらも、カウンターに置いてある名簿に名前を書き、通路の奥へ進んでいくと。

「離せ！　ふざけるな！」

怒声が響いてきて、思わず足を止めた。

「この時間、一般の方は入れません！」

「止まらないと警察を呼びますよ！」

曲がり角の先を覗いてみると、救急部に繋がる開けた通路で、私と同じくらいの歳の男性が暴れていた。警備員二名が力ずくで制止するも、男性は体格が大きく苦戦している様子。

「見舞いに来てなにが悪い！」

「日曜日の面会は十一時以降と決められていますので――」

「どうして見舞いに時間制限が必要なんだよ！　いつだっていいだろ！」

男性が大きく身をよじった時、視界の端に私が入ったのか、振り向いてこちらを凝視する。

「そこの女も勝手に入ってんじゃねえか！　捕まえろよ！」

警備員さんがぎょっとした顔で振り向く。私は「こ、これっ」と慌てて胸元にパスを掲げて、不審者ではないとアピールした。

しかし、それを見た男性は、それさえあれば入れると誤解したようで――。

「よこせ！」

警備員ふたりを振り切り、手を伸ばしてこちらに迫ってくる。

「きゃあ！」

驚きから膝の力が抜けた。その場でへたり込み、男性の剣幕に気圧されて身を固くした、その時。

黒いコートを着た男の人が割り込んできて、私の前に立ち塞がり、男性の腕を掴んで捻り上げた。

「痛たたたた！」

男性は体を捻じってその場に倒れ込む。コートの彼は男性が起き上がれないように腕を掴んだまま背中を押さえつけた。

そのコートの彼が見知った人であると気付き、私はごくりと息を呑む。

「面会時間の制限については、患者の休息を促すため、またスタッフの医療業務を円滑に回すために設けている」

『どうして見舞いに時間制限が必要なんだよ』そんな叫び声を聞いたからだろうか。コートの彼――真宙さんが冷ややかに言い放つ。

「加えて他の患者への配慮や感染予防、そしてあんたのような不審者の侵入を防ぐためのセキュリティ対策でもある」

背後の警備員たちが慌てて飛んできて、真宙さんの代わりに男性を押さえ込んだ。

「俺は見舞いに来ただけの善良な市民だぞ!?」

「善良な市民は女性を襲わないだろ。……大丈夫？」

真宙さんがこちらに振り向き手を差し出す。私はこくこくと頷きながら、その手を取り立ち上がった。

膝がガクがくしてうまく力が入らない。これが俗に言う腰が抜けた状態なの？　察した彼が「掴まって」と私の腰に手を回し抱き支える。彼の胸元にギュッとしがみつきながら、なんとか起立の姿勢をキープする。

すると男性が今度は嗚咽を漏らし始めた。

「見舞いがしたかっただけなんだよお」

情けない声をあげて、悔しそうに床に伏せる。

「三日前、ばあちゃんが頭の手術をしたんだ。なんとか仕事の都合つけて、博多《はかた》から来たんだけど、午後にはまた帰らなきゃならなくて。今会えなかったら、もうばあちゃんは死んじまうかもしれない」

真宙さんの体がぴくりと反応する。頭の手術——ということは、彼も知っている患者だろうか。

「患者の名前は？」

「……御手洗《みたらい》ハナ」

「彼女はまだ集中治療室にいる。面会謝絶だ」

真宙さんが深いため息とともに伝えると、男性——御手洗さんは、今度こそ声をあげて泣き始めた。

「……手紙を預かる程度ならできる。渡すのは一般病棟に移った後になるけど」

　ぼそりと呟かれたひと言に、御手洗さんが顔を上げる。真宙さんは警備員たちに向き直った。

「拘束を解いてあげてください。それから紙とペンを」

「わかりました」

指示された通り、警備員が拘束を解く。もう暴れるつもりはないようで、御手洗さんは大人しく立ち上がった。

「事情はあれ、ルールはルールだ。次からは面会時間を必ず守って」

厳しく念を押す真宙さん。「それと」と少し落ち着いた声で言い添えた。

「御手洗さんの手術は成功して、状態も安定してる。すぐに元気な顔を見られるようになるから、そんなに焦るな」

御手洗さんはぐすっと鼻を鳴らした。反省した様子で「……っす」と少しだけ丁寧に返事を漏らすと、警備員に連れられ受付に戻っていった。

真宙さんは私に向き直り、あらためて「大丈夫？」と尋ねてくる。膝はなんとか落ち着いたようで、ひとりでも立っていられそうだ。

「大丈夫、です。その、失礼しました……」

「怖い思いをさせちゃったね。とにかく怪我がなくてよかった」

「庇ってくださってありがとうございました」

一礼すると、彼は「それにしても、どうしてここに」と不思議そうな顔をする。

「あっ……」

用事をようやく思い出し、私は手持ちのランチバッグを掲げる。

「父にお弁当を届けに来て。今、父って――」

「手術中だ。昼には終わるから、僕が預かろうか」

「でも、真宙さんこそ帰るところだったんじゃありませんか？」

スーツの上にコートを羽織っている。夜勤明けで帰ろうとしていたのだろう。

「たいした手間じゃないから大丈夫。それにほら、手紙も渡すと約束したし」

そう言って、受付の方に視線を向ける。いずれにせよ彼は一度、病棟へ戻るつもりのようだ。

「では、父の机の上に置いておいてもらえると助かります」

「了解、預かっておく。まずは外まで送るよ」

彼に連れられ受付を通ると、中で警備員たちと御手洗さんが談笑していた。すっかり打ち解けたようで「おいおい、汚い字だなあ」「字ぃ書くのなんて、学校卒業して以来すもん」「こりゃあ、愛が伝わるな」と笑い合っている。

お疲れ様ですと声をかけ、私は名簿に退出時間を記入し外に出た。

「あの、ひとつ聞いていいでしょうか」

切り出した私に、彼は「なに？」とふんわりした笑みを浮かべる。

「どうして手紙を渡すと提案したんですか？　……ただ追い返すこともできたはずなのに」

愛情を真っ向から否定するようなドライな彼が、そんな提案をするとは正直思わなかった。もしかして、優しい人なのかな……そんな期待を込めて尋ねてみるも、彼は迷いなく「患者のためだよ」と答える。

「孫から手紙が来たと言えば喜んでくれるだろう？　心は体調にも影響してくるから。回復が早くなれば御の字だし、リハビリにも精力的に取り組んでくれるかもしれない」

「なるほど……」

御手洗さんのためではなく、患者さんのため——利用できるものは利用しようという合理性が、やはり真宙さんなんだなとある意味納得できた。

「璃子さん、気を付けて。また連絡する」

「真宙さんも……ゆっくり休んでください」

彼に見送られて歩き出す私。まだ複雑な気持ちが残っていて、胸の奥がもやもやしている。

患者以外見向きもしないドライな人。だけど……。

『すぐに元気な顔を見られるようになるから、そんなに焦るな』──あの言葉は、患者さんではなく、御手洗さんのためのものだったんじゃないかな。

そんな期待が捨てきれない私は、少々お気楽なのかもしれない。

だからって結婚したいなんて思えるほど単純ではないけれど。

まだ知らない彼の一面が存在する、そんな気がして興味を引かれたのは確かだ。

第三章　その契約《プロポーズ》、お受けします

年が明けて五日。正月休みも終わりだ。朝七時、カーテンを大きく開けて、お日様を取り込む。

「ん～……気持ちがいい」

よく晴れているから、日中は暖かくなるだろう。

「でも、朝晩はものすごく寒いのよね」

窓を閉めていても、ガラスからじんわりと冷気が伝わってくる。油断せず、出勤時はしっかり防寒しなくては。

それでも差し込んでくる日の光は暖かく、少しだけ心が軽くなる。

「今年一年、また頑張ろう」

リビングに顔を出すと、ダイニングテーブルにはすでに朝ご飯の焼き鮭と玉子焼きがのっていた。

「おはよう、璃子。今日からお仕事、頑張ってね」

にこにこ笑顔でご飯と味噌汁を持ってきてくれる母。

だが食卓には私と母のふたり分だけ。父の分がないのを見て、夕べ病院から呼び出されたまま帰ってきていないのだと知る。

「お父さん、今晩は帰ってこられるかな」

正月は何度も病院から呼び出された。というのも、年末年始は羽目を外す人が多く、普段より急患が増えるのだとか。加えて、近所のクリニックが休診している分、総合病院にある救急部の負担が増す。

真宙さんが年末から忙しくしているのもそういう理由。

父は管理職でもあるので比較的休みを多くもらっているが、それでも手が足りない場合は今日のように駆り出される。

とくに難易度の高い手術が舞い込んできた時は、他の医師に任せるわけにもいかず、父自身が赴くしかない。

「せめて、ちゃんと仮眠を取ってくれてるといいんだけど。お父さんももう歳なんだから」

母も気づかわしげに呟いてダイニングテーブルに着く。

当の父も『そろそろ体力が……』と漏らしていたし、父に代わるような後進を育てて安心して引退してほしい。

母も父の引退を今か今かと待っている。

「早く行けるといいね。夫婦で世界一周クルーズ」

「ええ、もちろん。それを楽しみに生きているんだから」

「それは言いすぎ」

苦笑しながらも、母がどれだけ父との旅行を楽しみにしているのかは伝わった。

食事を済ませた後、髪をうしろで捻じってひと纏めにし、メイクをする。今年のラッキーカラーにあやかって、リップとアイカラーはオレンジをベースに整えた。

ベージュのニットにホワイトのパンツ、落ち着いたスモーキーローズのノーカラーコートを羽織り玄関へ。

「いってきまーす」

パンプスを履きながら声をあげると、リビングにいた母がひょっこり廊下に顔を覗かせた。

「いってらっしゃい。気を付けてね！」

母の顔色は今日も良好だ。健やかな笑顔に見送られ、私は家を出た。

歩きながらぼんやりと、今後のことを考える。

……真宙さんが落ち着いたら、ちゃんと話さないとな。お付き合いも、結婚もできないって。

それから、お父さんにも〝真宙さんとは価値観が合わなかった〟って伝えなくちゃ。父の期待に応えられなかったのが申し訳なくて、ほんのり足取りが重くなる。でも、これぱっかりは仕方がない。結婚相手には、心から愛せる人を選ぶべきだ。間違っていないと自身を奮い立たせ、会社へ向かった。

それから約八時間後。定時を迎える前に呼び出しを受け、私は永福記念総合病院へ向かった。

母が近所を歩いていた時に倒れたという。周囲に人がいる場所だったのが不幸中の幸いで、すぐに父の病院に搬送された。もし倒れたのが家の中だったら、誰にも気付かれずに搬送が遅れていただろう。考えただけでゾッとする。

検査中らしいが、緊急手術が必要になるかもしれないと、処置にあたった父から連絡があった。父が会社を早退してすぐに来いと言うくらいだから、予断を許さない状態なのだろう。

最寄り駅からタクシーに乗って病院裏手の救急外来へ。受付スタッフに尋ねると、今も検査中だという。

……脳梗塞が再発したのかな。先月の検査では経過が良好だと言われたのに。

どうして？という気持ちが駆け巡る。

『いってらっしゃい。気を付けてね！』――今朝、笑顔で見送ってくれた母を思い出し、目頭が熱くなってくる。

すごく元気に見えたけれど、よく観察すれば兆候に気付けたのだろうか。私がもっとよく母を見ていれば……。

とはいえ、前触れなく突然発症するのが脳に関連する疾患の怖いところでもある。規則正しい健全な生活を送っている人でもなる時はなるのだから、もはや不慮の事故と言ってもいい。

父がついていてくれるから大丈夫、そう自分に言い聞かせながらも、抑えきれない不安で胸が爆発しそうだ。救急外来の長椅子で無事を祈りながら背中を丸める。

「璃子」

声をかけられ顔を上げると、いつの間にかそこには白衣を着た父がいて、心配そうにこちらを見下ろしていた。

「お父さん……！　お母さんの容体は？」

「説明する。一緒にカンファレンスルームに来てくれ」

ひと言、『大丈夫だ』と言ってくれれば安心できたのに。軽々しく言えない状況なのだと察して、胸の中で不安が膨れ上がっていく。

私は手術室の並びにある、患者とその家族用のカンファレンスルームに案内された。四人掛けテーブルに、ＰＣが一台。壁には大画面モニターとホワイトボード。父が奥側に座り、母の脳の造影画像をＰＣに映し出す。

「簡潔に説明する。前回とは別の箇所から出血を起こし、脳を圧迫している。とても手術がしにくい場所で、今内科的処置を検討しているが、一命は取り留められたとしても完治する可能性は低い」

「後遺症ってこと？」

「そう覚悟してほしい。……父さんの経験から言って、一番可能性が高いのは麻痺が残るパターンだ」

恐れていた事態を突きつけられ、目の前が真っ暗になる。

旅行好きの母にとって、体が不自由になることは一番避けたいと知っていたから。

それを理解している父も、沈痛な面持ちをしている。顔色は驚くほど悪い……って、もしかして、昨日から寝ていない？

このままでは父の方が倒れてしまう、ちゃんと休んで――そう声をかけようとして、母がこんな状態なのに休めるわけもないと気付き、なにも言えずに押し黙る。

「片側の麻痺で済めば僥倖《ぎょうこう》だ。手術をすれば完治する可能性もゼロではないが……私は正直、リスクに見合わないと思っている」

「そんな……」

つまり、手術をすれば命を落とす可能性もあると言いたいのだろう。

「お父さんが手術してもダメなの？　この病院で一番経験豊富で、技術のある脳外科医なんでしょう？」

「お父さんには……無理なんだ」

父が悲痛な声を漏らす。

「脳外科手術というのはね、とても繊細なんだ。たった〇・一ミリ、切開箇所がずれただけでも神経を傷つけてしまう。傷ついた神経は二度と再生しないし、治療することもできない。その重みを知っているからこそ、脳外科は軽々しく手術をせず、可能な限り内科的治療で済ませようとする。開頭する時は、どうしても助からない場合や、重い障害が残る場合、それも難易度や成功率をよく検討した上で慎重に決断する」

『〇・一ミリずれただけで――』これは父が脳外科医の仕事を語る上で必ず口にする

たとえ話だ。

私も幼い頃から何度も聞かされてきたが、それだけ脳の手術は難しく、リスクを伴うのだと伝えたかったのだろう。

「それだけデリケートな作業で、つまりは医師のメンタルひとつで成功率が大きく変わってくるということだ。うちの病院では、身内の執刀は禁止されている。大切な人の体に、平常心を保ったままメスを入れられる人間なんて、いないんだよ」

もっとも経験豊富で頼りになる父が施術できないなんて。絶望する中、ふとひとりの医師の存在が頭をよぎった。

「……真宙さんなら、成功させられるの？」

父はやはりそう来たかという顔で、小さくため息をついた。

「不可能とは言わない。だが、それなりにリスクが伴う事実は変わらない。彼だって、婚約者の母を執刀するとなれば、プレッシャーを感じるだろう」

「……大丈夫だと思う。彼なら」

だって、彼は私に愛情などないもの。私の身内だからって特別な感情など抱かない。

「技術だけで考えれば、真宙さんには可能なの？」

「……技術、経験、体力面をすべて加味しても、正直私より武凪くんの方が成功率が高い。大学病院時代に近い症例の手術を執刀した経験があるそうだ」

「もしかして、お父さん、もう真宙さんに手術の打診をしたの？」

「ああ。当然、手術は視野に入れて考えている。だが、武凪くんの腕の良し悪しにかかわらず、一〇〇パーセント成功するという保証はない。手術とはそういうものだ。『絶対成功する、俺にやらせろ』なんて軽々しく言う医師に、私は手術を任せたいとは思わないよ」

手術はなにが起こるかわからない。これも父が昔から言っていたこと。それに、理想通りの手術ができたからって、患者の体力や体質には個人差があるし、完全回復する保証はないのだ。

それだけ危険な賭けになることを意味している。

「お母さんの意志を確かめてみよう。もし手術したいと言うなら――」

「残念だが、それはできない。母さんが目を覚ます頃には、すでに脳の機能が取り返しのつかないところまで失われているだろう。決断するなら今しかない」

『傷ついた神経は二度と再生しないし、治療することもできない』――さっき父が口にしていたことだ。後で手術をしたいと思ってもできない。私たちが今、母の代わりに決断するしかない。

「それに璃子も複雑だろう？　自分の恋人に母親の手術を任せるのは」

「私のことは大丈夫だから」

きゅっと拳を握りしめ、父に訴える。

もちろん、危険な賭けに出ることが正しいとは思っていないし、麻痺が残っていても生きていてくれれば嬉しい。

でも、母は父と世界一周クルーズに出られる日を楽しみにしているのだ。

『それを楽しみに生きているんだから』――いつかの未来に心を躍らせている母の言葉が蘇る。その夢を奪わないでほしい。

「お父さんは真宙さんが成功する確率ってどれくらいだと思う？」

「彼の口ぶりから言って、自信はあるんだろう。患者が母さんじゃなければゴーをかけていた。だが母さんを失うかもしれない決断を、私は――」

ぐらりと父の体が揺れる。なんとかテーブルに手をついて踏みとどまるが、昨日から働き詰めで体が限界に近いのだろう。

「お父さん……！」

「っ、すまん、大丈夫だ」

「でも、顔色が――」

もしかしたら、冷静な判断ができる状態ではないかもしれない。過労による思考力の低下に、愛する妻の命を天秤にかけるプレッシャー。

そのひと言が母の命を左右するのだから。そう簡単に決断できることじゃない。

「私、真宙さんと話してくる。お父さんは休んでいて。目を瞑るだけでもいいから」

「璃子……！」

「お母さんの命をお父さんだけに背負わせたりしない。私が一緒に決断する。私だってもう大人だし、家族だもの。それにね――」

弱り切った父の手を両手で包み込み、力強く握る。

「お母さんが元気に戻ってきてくれるって、私は信じたい」

「璃子……」

言葉を失くす父。私は携帯端末を握りしめ、父を置いてカンファレンスルームを飛び出した。

通話できそうな場所を探し、見つけた人気のないテラスで真宙さんに電話をかける。

外気はとても冷たいが、寒いと感じないほど必死だった。

「お願い、出て……！」

勤務中、加えて急患で忙しいこのタイミング。電話に出てくれる可能性は低いけれど、それでも祈るしかない。

すると、三コールを過ぎたところで彼が応答してくれた。

《璃子さんが電話をくれるなんて珍しいね。お母さんのこと？》

察しのいい彼はすぐに気付いてくれたので、細かい挨拶を抜きにしてまくし立てた。

「どうしても聞きたいことがあるんです。五分だけでもお時間をいただけないでしょうか⁉」

《今、どこにいるの？》

「ええと、カンファレンスルームの近くのテラスに。手術室が並んでいるところ——」

《わかった。そこの屋上で待っていて。三分で行く》

それだけ言い置いて通話が切れる。私は急いで室内に戻り、エレベーターに飛び乗った。

冬の夜の屋上がどれだけ冷えるか、冷静に考えればわかるはずなのに、まったく思い至らないほど焦っていた。

……コート、カンファレンスルームに置いてきちゃったな。

寒さに震えながらも取りに戻る時間もなく、自身の肩を抱いて耐えていると、時間通りにやってきた彼が、屋上の入口から私を見据えて冷ややかな声をあげた。

「君、なに考えてるんだ」

え？と耳を疑う。いつもにこにこして人当たりのいい真宙さんとは口調がまるで違っていたからだ。

衝撃から震えも止まり、違う意味で凍りつく。

彼は眉間に皺を寄せ「チッ」と舌打ちすると、私のところまでやってきて腕を掴み、屋上の入口へ引きずっていった。

階段の踊り場に私を引き入れ、ドアを閉めて外気を遮る。

「確かに屋上で待っていろとは言ったけど、この寒いのに外で、しかもそんな格好で待つとは思わなかった。風邪引きたいの？」

はあ、と大きなため息をつかれる始末。

よくよく考えてみれば確かに、バカ正直に外で待つ必要性はなかったかもしれない。私の姿が見当たらなくても電話くらいくれただろう。

「……それにしても、舌打ちまでする必要、ありました？」

ちょっとだけカチンときて反論すると、彼はにっこりといつもの笑みを浮かべた。

「ごめん。あまりにも呆れすぎて、取り繕うのを忘れちゃった」

へー、と心の中で納得する。なるほど、これが彼の本性か。

「もういいです。その白々しい笑顔をやめてください」

私も遠慮をなくすと、彼は「それなら」と言ってこちらを冷めた目で見下ろした。

「さっさと話を終わらせよう。君も急いでいるんだろ？」

腕を組んで指先をトントン叩く。今までの彼とは完全なる別人で、いっそ清々しい気持ちになる。

「真宙さん。教えてください。あなたなら、母の手術を成功させられますか？」

「……九九パーセント。でも、一〇〇パーセントとは言わないよ。手術に絶対はないから」

父と同じ見解。〝脳外科は軽々しく手術をしない〟――父が言っていたように、それだけシビアな世界なのだろう。

「でも、ほぼ成功させる自信があるってことですよね？」

リスクがあるとはいえ、成功率が九九パーセントもあるなら、断然手術をした方がいいと素人的には思うのだけれど――。

「あのなあ」

しかし彼は冷ややかな口調で私を睨みつける。そんな不愉快そうな目を向けられるのも初めてで、心臓がギュッと縮まった気がした。

「その一パーセントがどれほど重いか、君は考えたことがあるか？　一パーセントの確率で人が死ぬんだぞ？」

〝死〟を強調した言い回しに、背筋がすっと冷えた気がした。

一〇〇人を手術すれば、ひとりは死ぬ可能性がある。その責任を医師は――彼は日々背負って仕事をしているんだ。

「どんなに簡単な手術でも亡くなる患者はいる。医師の技術云々《うんぬん》じゃなく、麻酔に対するアレルギーや体質によるショック症状――可能性は様々あるんだ。生死を賭けたくないのなら、多少の障害を受け入れて生きる方がいい。君のお父さんも、そう言ったんじゃないのか」

私は苦い顔をしながらもこくりと頷く。手術なんて――不要なリスクなんて、背負わないに越したことはない。少なくとも父はそう考えているようだった。

「部長が手術は必要ないと判断したなら、俺は賛同する。今後、病態が悪化すれば開頭に切り替える可能性はあるだろうが、今は内科的処置で充分助かると見込んでるんだ。手術をするにはリスクが見合わない。俺も、患者も」

「『俺も』？」

「患者が死ねば、俺の経歴にも傷がつくと言っている。妻を殺されたと部長に責任を取らされるかもしれない」

人の命ではなく、『経歴』、そして『責任』――想像以上にドライな返答をされ、カチンとくる。加えて父までも貶める言い方をされ、とても黙ってはいられなかった。

「父はそんなこと――」

「絶対にないと言える？　君は医療過誤を巡る訴訟が年間どれだけ起きてるか知っているか？」

ぐっと押し黙る。大切な人を亡くしたら、誰しも冷静ではいられなくなる。

だからこそ医師も、軽々しく手術しようとはしない。メリットやリスクを天秤にかけ、治療方針を決めるのだ。

「もし責任を取らされて、医師免許を剥奪でもされたら、君は俺の人生にどう責任を取ってくれる？」

「それは……」

責任の取りようなどないと、私も彼もわかっている。それでもあえて尋ねるのは、私の意志を確かめようとしているのかもしれない。

「でも、あなたが九九パーセントだと言うのなら、やる価値はあると思います」

九九パーセントの確率で自由な体になれるというのなら――私ならきっと「やって」と言うと思う。

「母の手術をしてください。どうかお願いします」

深々と頭を下げて頼み込む。

なんの返答ももらえず、恐る恐る顔を上げると、彼は顎に手を添えて、こちらを観察するように目を細めていた。

「そうだな……君が一生俺のそばで責任を取ってくれるって言うなら、その執刀、引き受けてやってもいい」

「え……？」

『一生』という言葉に得体の知れない重みを感じて眉をひそめる。彼は私の顎を押し上げ、挑発的に笑った。

「婚姻届にサインしてくれるなら、手術を引き受けるよ。たとえ俺が失敗してなにもかもを失っても、それでもついてきてくれるっていう覚悟が君にあるなら、その執刀を引き受けてもいい」

「なっ――」

それってつまり、結婚が手術を引き受ける条件だって言ってる？

とんでもない要求に、唖然として固まる。

「横暴です。執刀する代わりに結婚しろだなんて」

「君の覚悟を知りたいんだ。助けてって泣きついておいて、君自身なんの対価も払わないなんてフェアじゃないだろ？　一緒にリスクを背負ってくれなきゃ」

それってただの嫌がらせでは？　そう喉元まで出かかったけれど、交渉が白紙になっても困るのでごくんと呑み込む。

悔しいけれど、母の手術を高確率で成功させられるのは彼しかいないのだ。

いない……のよね？

ちらりと覗き込むと、見透かすように彼が言い添えた。

「言っておくけれど、俺以外に執刀を頼まない方が賢明だ。成功率は五パーセント以下だから」

驚きから息を呑む。一般的に成功率が五パーセント以下なら父が反対するのも頷ける。

「この病院に俺がいてよかったね、璃子さん。頼らない手はないんじゃないか？」

「あなたって人は……」

足元を見た助言――まがいの脅迫に、呆れてものが言えなくなる。

こんな不条理な提案を呑む必要はない、頭ではそう理解しながらも、母を救うために藁にも縋る思いなのは確かだ。

やはり母を助けられるのは彼しかいない。でも——。

いくら考えても堂々巡りで、困惑しながら目線を彷徨《さまよ》わせていると。

「言っておくが、決断するなら早い方がいい。手遅れになる」

「っ！」

悩む時間まで奪おうとするとは、なんて狡猾な人なのだろう。

彼と会話を続けていくうちに、仮面の奥の素顔が見えてくる。あの優しい言葉も紳士な気遣いも、私の心をかき乱す艶っぽい眼差しさえ嘘だったんだ。

仕事や医療に対しては誠実に向き合っているようだけれど、目的のためなら手段を選ばない合理主義の権化。

眉間に皺を刻んで睨むと、彼は参ったように肩を竦めた。

「なにも君を不幸にしたくていじわるを言ってるわけじゃない。条件としてはなんの問題もないと思うけど？　俺は浮気をしないし、束縛もしない。経済的にも不自由はさせない。両親も結婚を喜んでくれるだろう。強いてデメリットをあげるなら、愛がないってくらいだ」

その愛が一番大事なのではとツッコミかけて思いとどまる。神を信じない人に信仰を説いても無駄なように、彼に愛を説いても無駄だ。

ただはっきりしているのは、愛のない結婚生活と引き換えに母の自由を得るかどうか、その決断を今すぐしなければならないということ。

「……わかりました」

こんな言い方をしたら母に怒られるかもしれないけれど——母の笑顔の対価だと思えば、そう悪くはない取り引きなのかもしれない。

それに彼の言う通り、不幸になると決まったわけじゃない。世の中には契約結婚や友情結婚、共生婚なんてワードも存在していて、愛がなくても充実した生活を送っている人がたくさんいる。

「あなたと結婚すれば、執刀を引き受けてくれるんですね？　言っておきますが、私がいい妻だって保証はありませんよ？」

今度はこちらから、覚悟を試すように尋ねてみると、彼は「かまわないよ」と目元を緩ませた。

「君がどんな妻だろうと口を出すつもりはない。俺の仕事を邪魔しないでくれるなら」

本当に仕事のことしか考えていないんだなと、いっそ清々しい気持ちになる。

それなら私は私で自分なりの幸せを探すのみだ。温かい家庭なんてなくたっていい。夫に幸せにしてもらおうなんて甘いことは考えない。

「その契約《プロポーズ》、お受けします」

決意を込めて答えると、私の覚悟が伝わったのか、彼が一瞬だけ真剣な目をした。

「その代わり、母の手術は全力で臨んでください」

「もちろん。君のお母さんは助かるよ」

さっきまで、あれだけ手術は危険だと二の足を踏んでいたのに。打って変わって頼もしい顔をする彼に少しだけ安心した。

人の命を預けられる医師、そんな信頼に足る表情をしている。

「それから。母だけじゃなくて、たくさんの命と真摯に向き合うと約束してください」

そう付け加えると、彼は驚いたのか、ぴくりと目元を震わせた。

「あなたへの愛はありませんが、立派な医師の妻になることは誇りです。私のプライドを汚さないで」

自分の人生を捧げる人だ、父のように素晴らしい医師になってくれなきゃ許さない。

脅すように睨みつけると、彼は嬉々として口の端を上げた。

「当然だ。それは俺の望みでもある」

まるでその言葉を待っていましたと言わんばかりの表情。

腰を屈めてこちらを覗き込み、うっとりとした目を向けてくる。

「君に出会えて、俺は幸運だった」

憎たらしい笑みに白々しい美辞麗句。ムッとして睨み返した瞬間、すかさず彼が私の顎に指をかけた。

「璃子、君は最高のパートナーだ」

甘く、だが尊大な眼差しで顔を近付けてきたかと思えば、唐突に唇に触れる。それは一瞬の出来事で、抵抗する間もなかった。呆然としている間に唇が離れていく。

「……冷たいな」

触れた唇の温度で私の体が冷え切っていると気付いたみたいだ。確かにここは屋外ではないとはいえ、空調も効いておらず冷える。

というか、気が抜けた今になって、ようやく全身を包んでいる冷気に気付き、ぶるぶるっと震えが走った。

「あとは俺に任せて、君は家族待合室で暖かくして待っていて。君まで体調を崩したら大変だ」

「……わかりました」

頷くと、彼はわずかに口元を緩ませた後くるりと踵を返し、白衣をはためかせて階段を下りていった。

時間が止まったみたいにその場に佇む。今さら湧き上がってきたのは困惑と、ほんの少しの違和感だ。

『高難度の手術を嫌な顔ひとつせずこなすからなあ』――ふと父の言葉が蘇ってきて、ではなぜ母の手術をためらっていたのだろうと疑問に思う。

『君のお母さんは助かるよ』――あの確信めいた言葉。もしかして真宙さんは、端から執刀するつもりだった？

父が任せるとすれば真宙さんしかいないわけだし、頼まれれば嫌とは言わず黙って手術をこなしただろう。それを見越していたのでは。

「もしかして、私が条件に応じようと応じまいと、手術する意志があったんじゃ……」

だとしたら私はいいように弄ばれただけだ。

今さらになって気付いて、さっそく自分の決断を後悔した。

母の手術は八時間にも及んだ。

いざ開頭してみると、出血で圧迫された脳は事前に撮影していた造影画像とは血管や神経の位置もずれていて、予想のさらに上を行く高難度の手術になったそうだ。

だが、真宙さんはそれを最速で処理し、トラブルなく完遂してくれた。

手術を終えて一週間。母の意識は回復し、集中治療室を出られることになった。

「ありがとう、武凪くん。君の手術は本当に見事だった。こうして無事に一般病棟に移ってこられたのも君のおかげだ」

母が眠るベッドの横で、父があらためて真宙さんに感謝を告げる。

「奥様の回復力があってこそです。この分なら、リハビリも開始できそうですね」

真宙さんもにっこりと笑って応じた。

今のところ、体が動かないなどの重大な後遺症はなさそうだ。とはいえ、まだ長時間は起きていられず、会話もたどたどしい。これからじっくりとリハビリしていかなければならない。

「後遺症がないのがまず奇跡的だ。リハビリはゆっくり進めていけばいい」

不意に父が振り向き私を見る。ニッと歯を覗かせていたずらっぽく笑った。

「璃子も誇らしいだろう？　自分の夫になる男が母親の命を救ってくれたんだから」

思わず表情が凍りつき、咄嗟にへらっと笑ってごまかした。

「……うん、そうだね」

父には真宙さんと結婚を決めたと報告した。諸手を挙げて喜んでくれた父。母には元気になったら報告しようと思う。術後は興奮させると体に障るので、まだ内緒だ。

ちらりと母の様子を見て、よく眠っているのを確認して安心する。

「母さんが元気になったら、武凪くんのご両親にも挨拶に行かないとなあ。……と、名前も〝武凪くん〟より〝真宙くん〟の方がいいだろうか」

「仕事中は〝武凪〟の方が、みなさんにもわかりやすくていいと思いますよ」

「そうだな、公私はちゃんと分けなきゃいかんよな。……プライベートでは真宙くんと呼んでもいいか？」

すっかり浮かれた父を見て、胸がちくりと痛む。父は私と真宙さんが愛し合って結婚したと信じているから、仲のいい夫婦を演じなければ。

「はい、もちろん。それはそうと、あまり大きな声で話していると、奥様が起きてしまいますよ」

「そうだな。我々はそろそろ戻るとするか。……〝奥様〟じゃなくて〝お義母さん〟でいいんだぞ？」

お父さん、浮かれすぎ……がっくりと項垂れる私とは対照的に、真宙さんは目尻に皺を寄せて微笑んだ。

「きちんと報告した後に、〝お義母さん〟と呼ばせてもらいます」

そんな談笑をしながら、私たち三人は病室を出る。

「璃子はもう帰るのか？」

「うん、このまま出社する。土日になったらゆっくりお見舞いに来るよ」

すると、真宙さんが進み出て、肩越しに父の方へ振り向き言った。

「カンファレンスまで少し時間があるので、璃子さんを見送ってきます」

ぎくりとして再び表情が凍りつく。幸い父は気付かなかったようで「娘をよろしく頼む」と笑顔で送り出された。

歩き出す私たち。廊下には患者が多く、「こんにちは、先生」と声をかけられるたびに真宙さんは、「こんにちは」、「のちほど回診にうかがいますね」なんて愛想よく応じている。

エレベーターホールの前で車椅子の患者さんとすれ違った時、その車椅子を押す男性に見覚えがあって、私は「あ」と声を漏らした。

「こんにちは、御手洗さん。今日は顔色がいいですね」

真宙さんが車椅子に乗る白髪のご婦人に向かって声をかける。

彼女は「武凪先生の手術が上手だったおかげね」と柔らかな笑みを浮かべた。

患者さんの車椅子を押す男性——御手洗さんのお孫さんが「あの……」と真宙さんに向かってなにか言いたそうに声をかけた。

「この前は……すんませんした。それと、ばあちゃんを手術してくれて、ありがとうございました。めちゃめちゃ難しい手術で、本当は助かんなかったところを、助けてくれたって聞きました」

すっかり礼儀正しくなった彼が、ぺこりと頭を下げる。

「うちの孫が失礼をしたみたいですみませんね。しっかり叱っておきましたから」

なるほど、祖母に叱られて丸くなったみたいだ。

しかし彼女は「でもね」と言い添えていたずらっぽく笑う。

「孫の話を武凪先生から聞いた時、嬉しかったんですよ。博多から飛んできてくれたんだわって」

それを聞いたお孫さんが恥ずかしそうにうつむくのを見て、真宙さんはいたずらっぽく口の端を上げた。

「お孫さんのためにもリハビリ、頑張らなきゃなりませんね」

「もちろん頑張りますよ。先生に救っていただいた命ですもの」

ふたりは病室へ帰っていく。

……患者さんに対しては誠実な先生なのね。

父から聞かされた通りだ。出会ったばかりの頃なら、彼の態度になんの疑問も抱かなかっただろう。でも、今は……。

エレベーターに乗り込み、ふたりきりになった途端、彼がすっと眼差しを鋭くする。

「晴れて契約成立だね」

笑みは笑みでも患者さんに向けられるものとは全然違う、冷やりとするような不敵さを含む笑み――これが彼の本性だ。

「手術の結果がどう転んでも結婚するってお約束では？」

「成功して結婚した方が気分がいいだろう？　母の手術を失敗した男に、生涯添い遂げるなんて地獄でしかない」

「その地獄を提案したのは真宙さんご自身ですからね」

全然笑えない冗談を口にされ、ひくりとこめかみが引きつる。

「言っただろ、君のお母さんは助かるって。自信もないのに手術を引き受けるわけがない」

「それなんですが……私が条件を呑むまで、わざと自信のない振りをしていませんでしたか？　私が条件を呑んでも呑まなくても執刀するつもりだった。違いますか？」

半眼で睨みつけると、肯定と言わんばかりに微笑み返された。

その笑顔が心から憎らしい。なんてずるい人だろう。

とはいえ、約束は約束だし、母を助けてもらった感謝もある。腹を括らなくては。

エレベーターが一階に着く。彼は「こっち」と雑に言い放ち、私を通用口に案内した。人気のない通路で、私は彼の背中に向けて声をかける。

「母を助けてくださってありがとうございました」

彼は「当然だ」と不愛想に言い放つ。

「目の前に患者がいれば、それが他人だろうと君のご両親だろうと関係なく、全力で助ける。そういう約束だしね？」

私からの結婚の条件――『たくさんの命と真摯に向き合うと約束してください』。

それは医者の理想像であり、私が長年見てきた父の背中でもある。

しかし、彼はすうっと眼差しの温度を下げると「でも、覚悟はしておいてほしい」と腰を屈めて私を覗き込んできた。

「患者を優先する一方で、犠牲にするものもある。代償を払うのは君かもしれない」

背筋が冷やりとする。彼が犠牲にしようとしているもの。それは家庭であり、パートナーの私なのだろう。でも――。

「あなたがポンコツ医師なら、文句のひとつも言うつもりでしたけど」

彼にしか救えない命がある。患者の人生がある。身をもってそれを知ってしまった今、なんの文句を言えようか。

性格には難アリの彼だけど、医療に対しては実直で、心から尊敬できる人なのだとわかったから。

たとえ愛のない契約結婚になったとしても、きっと彼を憎みはしないだろう。

「あなたが私を不幸にできると思っているなら、大間違いです。私は幸せになってみせます」

意表を突かれたのか、彼は大きく目を瞬くと、やがてお腹を抱えて笑い出した。

「思っていた通り、君は最高だよ、璃子」

満足げにそう漏らし、私を通用口の外へ送り出すと、病棟に戻っていった。

これまでたくさんの患者と向き合い、これから先もたくさんの命を救っていくであろう立派な医師。母に明るい未来を与えてくれた人。

倫理観は破綻しているし、夫としてはあり得ないけれど。

多分、この結婚は間違ってない。彼に人生を賭けた私の勝ちだ。

第四章　初めての共同作業

あっという間に三カ月が経ち、春がやってきた。院内の桜は満開で、母の病室から下を覗くと、中庭にはピンク色の絨毯が敷き詰められている。

母はまだリハビリ中ではあるものの、退院の見通しが立つレベルまで回復した。

ちなみに、大手術の割に回復が早いのは、真宙さんのすばやく的確な処置のおかげだそう。悔しいけれど、彼には本当に頭が上がらない。

すっかり元気になった母は、そろそろ通院に切り替えたいと言っているが、父としてはまだまだ院内にいてもらいたいよう。自分が駆けつけられる分、安心なのだろう。

そんな中ひと足早く、私は入籍と引っ越しを済ませた。先週から私は〝武凪璃子〟になり、真宙さんの自宅で暮らしている。

真宙さんのご両親にもご挨拶をしたけれど、ごくごく普通のお父様とお母様だった。

こんな善良なご夫婦から、どうやったら真宙さんのようなひねくれた合理主義の権化が生まれるのだろうと不思議に思ったくらいだ。

そんな彼らに心配をかけるのも気が引けて、私たちは全力で仲良しカップルを演じた。真宙さん自身も彼らに余計な不安は与えたくなかったみたいで『話を合わせてくれてありがと』と短く感謝された。

母が退院したら、あらためて両家の顔合わせをするつもりだ。

土曜日の午後。見舞いに行くと、母はベッドで上半身を起こし満面の笑みで尋ねてきた。

「新婚生活はどう？　楽しい？　真宙さんと仲良くしてる？」

息子ができたのがよっぽど嬉しいのか、『武凪さん』から『真宙さん』に呼び方を変え、うきうきしながら尋ねてくる。

「ああー……うん。順調。真宙さん、忙しいから、家にいない時も多いけど」

というか、ほとんど帰ってこないと言った方が正しい。お風呂と睡眠のために帰ってきて、即座に病院へ戻っていく。病院の方が自宅なんじゃないかと思うくらい在宅時間が少ない。

「そうよねえ。お父さんを見ていればわかるわ」

頬に手を当てて、小さく息をつく母。

……ううん、お母さん。多分想像しているより、ずっとひどいわよ。

私ですら予想外で、父よりもよっぽどワーカーホリックだと確信した。

「時間を合わせるのが大変でしょう？　やっぱり早々に引っ越ししてよかったわね」

母が退院して自宅の生活に慣れるまで、しばらくは一緒にいるつもりだったのだけれど、父も母も早く入籍して家を出ろと言って譲らなかった。

新婚のこの時期は大事だから、少しでも一緒にいるべきだ、と。

「でも、お母さんが退院する時にはしばらく帰省するから。お父さんだって忙しいだろうし、病み上がりのお母さんにひとり暮らしをさせるわけにはいかないもの」

「大丈夫よ、日中はハウスキーパーさんを呼んでくれるみたいだから。夜はお父さんが早く帰ってきてくれるって張り切ってるし」

「早く帰るって……そんなことできるの？」

「仕事を調整してくれるみたい。管理の仕事は副部長さんにお任せして、手術に関することは真宙さんにお任せするそうよ」

え、と私は笑顔のまま固まる。

つまり一時的とはいえ、真宙さんが手術に関する全権を掌握したってこと？

思惑通りに事が運んで、今頃彼はしたり顔をしているに違いない。

「あ、でも、そうすると真宙さんの負担が増えちゃうのよね。ごめんなさいね、新婚生活に水を差しちゃって」

「ううん……全然大丈夫。きっと今頃、責任ある仕事を任されて喜んでるはずだから」

「あら〜、責任感のある方なのね」

それは間違いないので頷いておく。

「まあ、なにかあったらすぐに呼んでね。いつでも駆けつけられる距離にいるんだから」

父も真宙さんも仕事の都合上、病院付近に自宅を構えている。病院を跨いで逆方向ではあるが、タクシーならば十分で行ける距離だ。

「わかってるわ。璃子ったら、お父さんに似て心配性ね」

朗らかに笑う母。その笑顔が見られるのも彼のおかげだと思うと、どんなに横暴でもやっぱり憎めないのだった。

真宙さんの自宅は、駅から十分程度歩いたところにある低層レジデンスで、永福記念総合病院からは徒歩圏内だ。

部屋数だけ見れば一般的だが、ひと部屋が広々としていて贅沢な作りになっている。

ただでさえ不在がちの真宙さんだ、リビングと寝室だけで事足りていたらしく、空いていた一室に今私は住まわせてもらっている。

見舞いを終えて帰宅し、スプリングコートを脱ぎながらぼんやりと自身の部屋を眺める。

なんの不自由もない暮らしだ。自室には大きなクローゼットがついていて、持ち込んだ衣類などは全部綺麗に収まったし、キッチンやリビングも好きに使っていいと言われている。

彼はミニマリストなのか、物が少ない。備えつけの収納棚には最低限のものしか入っておらずスカスカ。バスルームや洗面室は、私が持ち込んだ化粧品やボディケアグッズの数の方が多い。

私のもので棚の大半が埋め尽くされても、彼は文句ひとつ言わない。ほとんど家に帰ってこないので文句の言いようがないというか、心底どうでもいいと思っていそうだ。

「快適……といえばそうなんだけど」

部屋着に着替えながら、音のない部屋に向けてひとり言をこぼす。この異様な静けさにはなかなか慣れそうにない。

「……まあ、顔を合わせる機会が少なければ、喧嘩のしようもないだろうし」

職場の上司が『旦那がいない方が平穏』と言っていたのを思い出す。恋愛結婚でもそうなのだから、契約結婚の私たちがしょっちゅう顔を合わせていたら不穏の極みだろう。

私はリビングに向かいながら、今日の夕食のメニューを考える。

作るのは一人前。最初の二日間は冷蔵庫におかずを残しておいたけれど、彼は帰宅が遅かったせいか手をつけなかった。

私がすでに寝ていたので、勝手に食べるのも悪いと思ったのかもしれない。書き置きくらい残してあげればよかったのだけれど、あまり母親じみたことをされても嫌だろう。彼、お節介を焼かれるのが嫌いそうだから。

以来、夕食はひとり分を作るようにしている。

冷蔵庫を開けて豚肉の残りを確認し、野菜と一緒に炒めて楽ちん丼を作ろうか、そんなことを考えていると、玄関でドアの開く音がした。

この時間に彼が帰ってくるなんてすごく珍しい。これまで一緒に過ごす機会もなかったから、どう接したらいいのか……。

玄関へ迎えに行くべきだろうか。ううん、彼はきっと、そういうのは好まない。

リビングに彼が入ってきたら、ごくごく自然に『おかえりなさい』と言おう。それから『真宙さんも夕食を食べますか?』とサラッと聞いてみよう。恩着せがましくない程度に。うん、それがいい。

自室で着替えを済ませた彼がリビングにやってくる。着替えといっても、ジャケットを脱いでネクタイを取っただけのシャツとスラックス姿。いつでも呼び出しに応じられるようにだろう。

「ただいま」

「おかえりなさい」

返事をして、なにげなく彼の顔に目をやった時。

「えっ?」

思わず変な声が漏れ出てしまったのは、段取りを台無しにするようなイレギュラーが発生していたからだ。

いつも以上に仏頂面な彼。その左頬が赤く腫れていた。加えて唇にわずかに血が滲んでいる。

「どうしたんですか、その顔」

「……そんなにひどい?」

「えと……誰もが気付く程度にはひどいです」

ため息とともに洗面台に向かう彼。廊下の奥から「うわ。唇、切れてるし」と水ですすぐ音が聞こえてくる。

なにが起きたのかはわからないけれど、負傷したのは確かだろう。私は自室から薄手のハンカチを取ってくると、キッチンに戻って冷凍庫を開け、保冷剤を探した。

「この顔で診療しろっていうのか……？」

ぶつくさ漏らしながらリビングに戻ってくる彼に「いったいなにがあったんです？」と尋ねてみる。

「……名誉の負傷」

「なんですかそれ」

彼はソファに深く腰かけながら、再び大きなため息をつく。

「内科部長の娘、覚えている？」

「はい。過去に真宙さんがたぶらかしていた女性ですよね？」

「いや待って、あの人とはなんの関係もないって言ったじゃん。一度食事をして、それっきり。付き合ってもないし、肉体関係もない。クリーン、わかる？　もしかして、ずっと疑ってた？」

「だとしても、真宙さんが誤解されても仕方がない態度を取っていたのは事実ですよね？」

「だからこそ『結婚したから、もう連絡しないでくれ』って伝えたんだよ。なのに、いきなりグーパンチ。これって常識的にあり得る？」

手をグーにして頬に置き、げんなりとした目でこちらに同意を求めてくる。

どうも同情する気になれなかったのは、真宙さんだって日頃から充分常識的じゃないからだろう。

「自分で蒔いた種ってやつじゃないでしょうか、それ」

「せめてパーにしてほしかった」

そういう問題じゃないだろうに。私は叱る気にも慰める気にもなれず、ハンカチで巻いた保冷剤を差し出す。

「とりあえず、冷やしてください。そのままだと患者さんが困惑します」

「……ありがと」

彼は受け取って頬に当て、大人しくソファにもたれかかった。私はキッチンに戻り、グラスに氷を入れながら尋ねる。

「夕食作りますけど、一緒に食べます？」

「君が迷惑じゃないなら」

「ひとり分を作るより、ふたり分を作った方がコスパよさそうです」

どうせフライパンやまな板を洗う手間は同じなのだからと肩を竦めると、彼はようやくクスッと笑って「じゃあお願いするよ」と柔らかく言った。

「アレルギー――はないんでしたっけ？　嫌いなものとかあります？」

「ないよ。作ってもらうのに好き嫌いなんて贅沢、言うつもりない」

「謙虚ですね」

「なにかのいやみ？」

「あら。いやみを言われるご自覚ありました？」

手術の対価に結婚を申しつけてくるような人に、謙虚さがあったとは知らなかった。

彼はくすくす笑って「君って、結構いい性格してるんだな」と遠巻きにこちらを覗き込んでくる。

「いい妻だって保証はないって、あらかじめ言っておいたじゃありませんか」

私はキンキンに冷えたミネラルウォーターをグラスに入れて持っていく。水よりも氷の分量の方が多い。

「口の中からも冷やしたら、多少は腫れが引くかもしれませんよ」

「重ね重ねありがと。……うん、血の味がして美味しい」

どうやら口の中も切れていたみたいだ。ちょっとだけかわいそうだなと思いながら、夕飯の支度を始める。

「……けじめ、つけてきてくれたんですか？」

食材を切りながら、キッチンカウンター越しになにげなく尋ねてみる。

『浮気をしない』と自分で宣言していたくらいだから、女性関係を清算してきてくれたのかな、そう期待を込めたのだが。

「これ以上のコネクションは必要ないからね。手術の全権限を持っている部長の娘が手元にいれば充分だ」

「……それ、わざわざ言う必要ありました？　嘘でも『けじめつけてきたよ』でよかったんじゃありません？」

「今さら猫かぶってどうするんだ。もうバレてるんだろ？」

「それにしても、いらないひと言が多い気がしています」

いい夫の振りをあきらめるのが早すぎる。

不満を吐露してみると、彼は頬を冷やしたまま今度こそ胡散くさい笑みを浮かべた。

「ごめんね。璃子さんがかわいくて、ついいじめてしまうんだ」

「だから、そういうのいりませんから。とってつけたような『さん』もやめてください」

「璃子は難しいな」

たいして困ってもいないくせに、白々しくため息をついて苦笑する彼。

そういうところよ。と呆れつつ、私は調理を進める。

まあでも……けじめをつけてきてくれたんだよね。このままではいけないと彼なりに感じたのだろう。素直じゃないからごまかしているけれど、そういうことなんだと思う。……そう思いたい。

彼がポケットから携帯端末を取り出して熱心になにかを読み出したので、仕事なのだろうなあと予想し、私は粛々と野菜を切る。

作るならひとり分もふたり分も同じ、そう言いつつも、せっかく彼が食べてくれるのなら肉野菜丼の他に味噌汁とお浸しくらい作ろうか、そんなことを考えてしまうあたり、私もだいぶ見栄っ張りなのかもしれない。

しばらくすると彼は、思い出したように目線を上げた。

「なにか手伝うこと、ある？」

一瞬耳を疑う。まさか家事を手伝うつもりがあったなんて。

「大丈夫ですから、頬を冷やしておいてください」

彼は納得したのか、再び端末に目線を落とす。そのままぽつりと「さっきの話」と切り出した。

「君はまあ、いい妻だと思うよ」

トントントンと一定のリズムを刻んでいた包丁の動きが、一瞬スローペースになる。

本音かお世辞か判断しかねて、一応「ありがとうございます」とお礼を言いつつも、再び切る作業に集中する。

それから三十分間。私が調理を終えるまで会話はなかったが、重苦しさはなく、心地よい時間が流れていた。


「美味しい」

端的に彼がそう感想を漏らしたのは、私の作った肉野菜丼を食べた時だった。

驚いて目を瞬かせる私に、彼は端整な顔をわずかに引きつらせる。

「もしかして疑ってる？　そこに嘘をつくつもりはないよ」

「それは……お口に合ってよかったです。たいしたものじゃありませんけど」

肉と野菜を適当に炒めてご飯にのせただけ。あえて料理名をつけるならスタミナ丼だろうか。

「謙遜しなくていい」

彼はそう言って無表情で料理を口に運ぶ。

美味しいって表情ではないのだけれど、逆にこういう顔をしている時の方が真実味がある。取り繕わずに、本音を言ってくれているのだとわかるから。

ちゃんと美味しいって思って食べてくれているのだとわかって、なんとなく安心する。食べるペースが少し早めなのは、職業病だろう。父もそうだった。

半分くらい食べ進めた頃だろうか。ダイニングテーブルの上に置いていた彼の携帯端末が震え出し、すかさず真宙さんが耳に当てる。

「はい――……ええ。わかりました」

すぐに通話を終え端末をポケットにしまい、「仕事が入った」とひと言。

「これ、残しといて。後で食べる」

「あ、はい。いってらっしゃい……」

即座に踵を返してリビングを出ていく彼を呆然と見つめながら、慌てて返事をする。

自室に戻り荷物を取ると、廊下を歩きながらジャケットを着込み、靴を履きながらネクタイを結んで、慌ただしく玄関を出ていった。

すごいな。電話を受けてから家を出るまで一分。まるで通報を受けた消防隊員のように迅速だ。父だってここまで速くなかった。

感心したのか呆れたのか、自分でもよくわからないまま、彼の食事をキッチンに運びラップをかける。

もう二十時だ。後で食べると言っていたけれど、これから病院へ行って今日中に戻ってこられるだろうか。首を傾げながらも肉野菜丼を冷蔵庫にしまった。

あれから四時間。もう〇時を回るが、真宙さんはまだ帰ってきていない。

明日は日曜日で早起きする予定もないので、ベッドの中で読書をしながら時間を潰していた。彼の帰りを待つわけではないけれど、帰ってきたら『お疲れ様』くらいは言いたいと思う。

手元にある本は、例の医療小説の最新刊である。主人公の新米外科医・シンがいよいよ難手術に挑む。

絶対に失いたくない命を前に、恐怖から手が震えてしまうシン。

……真宙さんも、恐怖で手が震えたりするのかしら。

あれだけ自信を持って手術に臨む人だ。震えている姿なんてとても想像できないけれど、もしかしたらそんな時代もあったかもしれない。

『一パーセントの確率で人が死ぬんだぞ？』――あれは命の重さを知っている人の言葉だった。救えなかった命だってあったはず。

そういう時、彼は患者の死と、どうやって向き合ってきたのだろう。

シンを真宙さんに重ねてぼんやりと考えているうちに、いつの間にか眠ってしまっていた。

朝八時。ぐっと伸びをして上半身を起こす。

枕元には読みかけの小説。点いたままになっているベッドサイドのライト。読んでいる間に眠気に襲われ、そのまま寝てしまったみたいだ。

真宙さんは……さすがにもう帰ってきているかな？

廊下に出て彼の部屋の前に立ってみるけれど、物音ひとつしない。

リビングに行くとキッチンで彼が帰宅した痕跡を発見した。丼と箸がワンセット、綺麗に洗われて水切りかごに入っていたのだ。

彼は帰宅後、あの肉野菜丼の残りを食べたらしい。夜中に洗い物まで済ませるなんて、意外と律儀な人である。

いや、もしかしたら夜食ではなく朝ご飯だったかも？

だとすれば徹夜明け。今日くらいはゆっくりと休んでほしいものだが……もし仕事があれば早々に起き出して、粛々と病院へ向かうのだろう。父もそうだった。

私はひとり分の朝食を作りながら、ぼんやりと考えを巡らせる。

……お父さんはすごいと思う。そんな生活を三十年以上も続けてきて、愚痴のひとつも漏らさないのだから。そして、そんな父を支え続ける母も献身的だった。

真宙さんはこの過酷な生活をどう思っているのだろう。父のように受け入れ、この先も当然として生きていくのだろうか。

結局朝食を終えても真宙さんが起き出してくる気配はなく、十一時前に家を出て母のいる病院へ向かった。平日は仕事で行けない分、土日はなるべく顔を出すようにしているのだ。

見舞いを終えた後、近所のカフェで昼食を食べて帰宅。家に戻ったのは十四時で、さすがに真宙さんも起きてきていた。

「おかえり」

こちらを見ずにそう口にした彼は、リビングのソファに仰向けに寝転がり、軽量タブレットを掲げてなにかを熱心に読み込んでいた。

ちなみに顔の腫れはほぼ引いている。昨夜、きちんと冷やしたおかげかもしれない。

「ただいま戻りました。……お昼は食べましたか？」

「ああ。朝昼まとめて」

水切りには白い大きめのプレートにマグカップ、そして小さめのフライパン。いったいなにを作って食べたんだろう、ちょっぴり気になる……が、集中しているようなので話しかけるのはためらわれる。

「……お仕事中、ですか？」

おずおず尋ねてみると、目線はタブレットのまま熱心に文字を追いかけながら「うん」とやはりそう答えた。

きっと医学論文や研究資料なんかを読み込んでいるのだろう。

「……休日も仕事ばかりの夫に、さっそく愛想が尽きた？」

彼がタブレットから視線を外し、からかうような目を向けてくる。

「まさか。すごいなと思っていますよ」

素直に答えると、本音だと伝わったのか彼は意外そうな顔をして「君って変な子だね」と呟いた。

「少し心配にはなります。昨日――というか今日も、帰りが遅かったんじゃありませんか？　あまり寝てないでしょう？」

「まあ、忙しいのは確かだけど、嫌ではないかな。仕事が生きがいみたいなところ、あるし」

なるほど、生きがい。予期せず彼のワーカーホリックぶりを再確認できた。努力が苦にならないからこそ、この若さで脳外科トップの技術力を誇るのだろう。

「悪いね。家庭に向いてない男で」

ちっとも悪びれない様子で言って視線をタブレットに戻す。以前ならツッコミのひとつくらいしていたかもしれないが、今はある種のあきらめがついている。

「そのおかげで、今、母が元気にしていられるので」

彼がここまで日々仕事に熱を注いでいなかったら、母は今も苦しんでいたかもしれない。そう考えれば、彼のワーカーホリックは尊いとすら言える。

「母だけじゃない。真宙さんに助けられた患者さんがたくさんいるでしょうし。……他の方ができないような手術も請け負っているんですよね？」

父から聞いた話を切り出すと、彼は上半身を起こしてタブレットを膝に置き、自嘲した。

「おかげさまで、出世狙いだのなんだのと陰口を叩かれてるよ」

「仕事のために私を妻にしたくらいですから、出世狙いで間違ってないんじゃありません？」

「出世は目的じゃなくて過程。俺は自由に手術がしたいだけだよ。そのために出世が必要ならするってだけ」

　その〝手術〟はどうしてしたいのだろう。目的の奥にもっと深いなにかが隠れている気がするけれど……なんとなく尋ねるのをはばかられた。というか、聞いても答えてもらえない気がした。

「少なくとも、人を救うため、ではありますよね？」

「他になにがある？」

「……いえ。確認しただけです」

　結果として救われる人間がいるのなら、目的がなんであれ文句を言うつもりはない。

　彼はいっそ責められることを期待していたのだろうか。「やっぱり君は、変な子だね」と不思議そうに言い置いて、再びタブレットに集中し始める。

「……仕事の邪魔をしてすみませんでした。静かにしていますが、もし気になるようでしたら自室に戻りますので言ってください」

　そう言ってキッチンで紅茶を淹《い》れる準備をしていると、やはり目線はそのままで彼が口を開いた。

「ここは君の家でもあるんだから、そこまで気を遣う必要はない。それに、黙る必要もないよ。君の質問に答えるのと、資料を読み込むの、処理する場所が違うから」

そう言って頭に人差し指をトントンと当てる。

脳の仕組みについてはよく知らないけれど、大半の人は仕事をしながら会話をするのは無理だと思う。集中力が削がれるし、どちらかがおろそかになる。

器用な人だなあと思いながら、ひとまず「紅茶、飲みます？」と尋ねてみる。

「もらう。……一緒に甘いものが食べたいな」

そういえば彼は甘党だった。デート中も、最後に必ずスイーツを注文していたっけ。私が好きだから付き合ってくれているというよりは、彼自身好きで率先して食べているという印象だった。

「でしたら、ちょうどいいものが」

私は昨日の午前中に焼いたクッキーを戸棚から取り出す。

お菓子が作りたかったというよりは、キッチンの使い勝手を試したかった。自分以外の誰かに食べてもらう予定はなかったので、形が少々雑なのは許してほしい。

「どうぞ」

大皿にクッキーを敷き詰めて紅茶と一緒に持っていくと、市販品ではないとわかったのか、彼は「へえ」と目を丸くした。

「君が……作ったの？」

「そうです」

味はココアと紅茶の二種類。彼は紅茶の方をひとつ摘まみ取り、興味津々——というよりは品定めするように睨みつけ、口に運んだ。

読書の合間に食べられるようにと作ったので、ひと口サイズ。丸ごと口に入れて咀嚼し、丁寧に味わった後、飲み込む。

「……女性の手作り菓子って、あんまり信用してなかったんだけど」

「信用？」

「打算が感じられて。それから、頑張ったってアピールする割に美味しくないから」

「うん、気付いてましたけど、人として最低ですね」

「でも、これはうまい。悪くない」

想定外の褒め言葉に、一瞬頭の中が真っ白になった。

「そう、ですか……」

頬に熱が増していく。辛口の評論家に認めてもらえたのが想像以上に嬉しかった。

「リクエストするなら、次は手が汚れないやつがいい」

彼が指先についた粉砂糖をぺろりと舐め取りながらそうつけ足す。

ああ、確かに。クッキーの周りに粉砂糖をまぶしたのは失敗だった。読書の合間にと作った割には配慮が行き届いていなかったと認めよう。

「リベンジ、します」

「楽しみにしてる」

彼はちょっぴりいじわるに微笑むと、またタブレットに視線を戻す。今度こそ会話が止まり、静かな時間が流れる。

私はそろりと立ち上がり、自室から読みかけの小説を持ってくると、紅茶とクッキーを摘まみながら、彼の邪魔にならないように読書をした。


翌週の日曜日。朝食の後片付けを済ませた後、リビングにPCを持ち込んで調べ物をしていると、十時頃に彼が起きてきた。

「おはようございます。昨日は遅くまでお疲れ様でした」

昨晩は呼び出されることこそなかったが、遅くまで仕事をしていたみたいだ。夜中に一度目を覚ました時もまだリビングが明るかった。

「おはよ。どうしても読み込んでおきたい論文があって。今後予定してる手術に関わる内容だったから」

まだ少し眠そうなとろんとした目で伸びをする。ちゃんと眠れたのか心配になるけれど、きっと彼はあれこれ世話を焼かれるのが嫌いだろうから黙っておく。

さすがに寝起きはスラックスではなく、イージーパンツを穿いていて、上は長袖無地のカットソー。朝のこの時ばかりは隙が感じられる。

「コーヒー飲むけど、君は？」

キッチンに入っていく彼に、「私も飲みます」と返事をした。

「朝食は食べたんだよね？」

「はい。……もし食べてなかったら、なにか作ってくれたんですか？」

「たいしたものは作れないけど。トーストとスクランブルエッグ程度なら」

食べてみたい気もするけれど今はお腹がいっぱいなので、「またの機会にぜひ」とお願いしておく。

「璃子はこの後、お義母さんの見舞い？」

「はい。昼前には出ようと思ってます」

「せっかくだから、俺も一緒に行こうかな」

思わず「えっ」と顔を上げる。「なにその顔。嫌なのか？」と彼が半眼で睨んでくる。

「いえっ……その。驚いて」

「義理の息子なんだから、一度くらい業務外で見舞いに行っておいた方がいいだろ。今日は道根部長もいるし、アピールになる」

「ああ。なるほど」

うちの両親に仲良し夫婦アピールがしたいのかもしれない。いずれにせよ、今日の真宙さんはオンコールで待機中のため、病院にいたって変わらないのだろう。

しばらくすると彼がキッチンから自身の朝食を運んできた。

大きめのプレートにトーストがどんとのっていて、その横にスクランブルエッグと厚切りベーコン、ベビーリーフにミニトマト。私の斜め前の席に座って食事を始める。

先週、水切りに置いてあったプレートとマグカップ、小さめのフライパンを思い出し、これを食べていたんだなと確信する。

彼の定番朝ご飯のようだ。半熟のスクランブルエッグがとても美味しそう。

「なに？　お腹が減ってる？」

「いえっ、そういうわけでは」

あまりにもまじまじと見つめすぎて、不審がられてしまった。弁解するも、お腹がきゅうっと鳴いてしまい、説得力がゼロになる。

「……人が作ったものって美味しそうに見えますよね」

「料理は君の方が上手だろ」

彼が苦笑しながらも、フォークの上にスクランブルエッグをのせてこちらに差し出した。

「え」

「食べたいんじゃないのか？　……まさかトーストの方？　焼いただけなんだけど」

「いえ、そういうわけじゃ！」

せっかくくれるというのに食べないのも失礼にあたる気がして、私は差し出されたフォークにかぶりつく。

ふわふわの玉子にシンプルな塩味。粗挽きの胡椒が振りかかっていて、ぴりっとしたスパイシーさがまさに男飯。

「美味しい、です」

彼はお決まりの不遜な笑みを浮かべ「ベーコンはあげないよ」といじわるを言うと、トーストに全部のせしてかぶりついた。

心の中でひっそりと、明日の朝食はベーコンとスクランブルエッグにしようと決める。

「それで。君の方は、なにしてるの？」

私が珍しくリビングにPCを持ち込んでいたせいか、彼が尋ねてくる。

「仕事に関することで調べ物を。美容関連の外資系企業に勤めてるって、前に言いましたよね。他社の新商品やトレンドを深掘りすることで、もっと役に立てないかと思って」

仕事熱心な真宙さんを見ていたら、のんびりした休日を過ごすのが罪のように思えてきた。焚きつけられたと言うべきか。

「君まで仕事をする必要ないのに」

察した彼が、口元を押さえて苦笑する。

「むしろ、俺を叱った方がいい。新婚なのになにしてるんだって。デートのひとつでも連れていけってさ」

「寝る間も惜しんで働いている方に、デートに連れていけなんて言いませんよ。私も頑張ろうと思うのが普通じゃありません？」

彼はふっと呆れたように笑みをこぼし、首を横に振った。

「本当に君って――」

言いかけた彼だが、そのまま口を噤《つぐ》んで言葉を切る。

またなにか皮肉めいたことを言われるのかと身構えていたけれど、彼の表情はどこか満足そうで、もしかしたら褒めようとしてくれていたのかもとポジティブに考えることにした。


ふたり仲良く母の見舞いに向かったのは、十二時を過ぎた頃。

父も顔を出してくれて、病室に四人が勢揃い。この病院の脳外科医トップ2がここで世間話できているということは、急患や緊急手術もなく平穏な日曜日なのだろう。

両親は私と真宙さんが休日に行動をともにしている姿を見て安心したようだ。笑顔のふたりに見送られ、私たちは病院を出る。

さっきまでにこにこ顔で自分のことを『僕』と呼んでいた彼だったが、病院の敷地を出た瞬間にスイッチがオフになり、声の調子が三トーンくらい下がった。

「お腹減ってるだろ？　少し付き合ってくれ」

そう言って連れていかれたのは、病院と自宅の真ん中辺りにあるカフェだ。

緑豊かな店内、ガーデニングショップが併設されているらしく、店の一角は園芸用品やプランツが並んでいる。

テラス席は木組みのフェンスと草木の隙間から日が差し込んでいて、麗らかだ。

「テラスと室内、どっちがいい？　冷えるようなら室内にするけど？」

オフモードで目つきは冷え冷えとしているけれど、そんな気遣いはしてくれる彼。

「大丈夫です。テラス、気持ちよさそうですね」

四月上旬、風は少し冷えるが、日差しがあるのでぽかぽかしている。

テラス席に決めると、私はハーブの香るローストビーフと野菜がのったランチプレート、そしてエルダーフラワーのラテを注文した。

彼は朝食を取るのが遅かったせいか、まだそこまでお腹が空いていないらしく、ラベンダーのパウンドケーキとオーガニックハーブで作った炭酸水を頼んでいた。

「私ばかりばくばく食べてすみません……」

「店員さんが逆に置いたのはおもしろかった」

彼の前にランチプレート、私の前にパウンドケーキが置かれる様子を彼はにやにやしながら見守っていた。

「むしろ、お腹が減ってないのにどうして来たんですか？」

「今日はクッキーがなかったから。糖分を補給しておこうと思って」

そういえば先週のリベンジをまだ果たしていなかった。

そもそもクッキーは毎週作るような気軽な代物ではない。彼のお眼鏡にかなうよう丁寧に作るならば、三、四時間はかかる。

とはいえ、彼が食べたいというのなら、ちょっと頑張ってみてもいいかなと思う。

愛とか恋とかそういうのではないけれど、誰かの期待に応えるのはいいものだ。

彼が仕事を頑張っていると知っているから、なおさら応援したい気持ちになるのだろう。

「それに、だいぶ前に約束したしね。一応」

炭酸水を飲みながら、日差しに目を細める彼。

私が「え……？」と声を漏らすと、「覚えてないの？」と不満そうに顔をしかめた。

「約束……ああ！」

そういえば、以前デート中に彼が話していたっけ。『お勧めしたいカフェがある』と。

「覚えていてくれたんですね」

まだ優しかった頃の彼が『今度案内するよ』と約束してくれたっけ。社交辞令かと思いきや、有言実行してくれたみたいだ。

……約束はちゃんと守ってくれるのね。

愛は信じないし、仕事のためなら結婚すら利用する人だけど、約束に対しては誠実らしい。

「植物、割と好きなんだよね。家に置こうか悩んだこともあるんだけど」

そう言って、テーブルの真ん中にちょこんと置かれているエアプランツの入ったグラスを持ち上げる。

現在、あの家に植物はない。植物どころか装飾品の類もなく、生活に最低限必要なものしか置かない主義だと思っていた。

「置かないんです？」

「どうせ家でゆっくりなんてしないし。植物に悪い気がして」

〝無駄だから〟ではなく〝植物に申し訳ないから〟なのね。人間には辛辣なのに、植物には優しいなんてひねくれた人だなと思う。

「まあでも、君がかわいがってくれるなら、置いてもいいかな」

期待を込めた目でちらりと覗き込まれ、無意識に張り切ってしまう。

彼も彼でたいがいだけど、私も私でちょろい。まあ、植物は好きな方だし。

「真宙さんの代わりに、毎日ちゃんとお水をあげておきますよ」

「ダメだよ、こういう植物はかまいすぎると死んじゃうんだ。少し放っておくくらいがちょうどいい。その子に合わせたお世話をしないと」

かまいすぎるとダメで、放っておくとすくすく育つなんて、まるで真宙さんみたいだ。思わずふっと口元に笑みが漏れる。

「真宙さんは、どの子がいいんですか？」

「んー。こういう葉がつんつんしたのとか、カッコよくない？」

「尖ってるところが、真宙さんに似てますねえ」

「どういう意味？」

気が付くと彼がジトっとした目でこちらを見ていたので、慌てて視線を遠くに移す。

ふと店内の観葉植物に目がいって、私は「あ」とごまかすように指さした。

「ああいう、天井からぶら下がっているのも素敵かも」

「大丈夫？　君が頭をぶつける未来が見えるんだけど」

「そこまでドジじゃありませんよ！」

雑談を交わしつつも食事を終えた私たちは店内へ。飾ってある植物を眺めて、どの子をお迎えしようか相談する。

悩んだ末、チランジア・イオナンタという種類のエアプランツを購入。小さな円形のグラスに入っていて、土ではなくバークチップに根付いている。

葉は真宙さん好みのツンツン。いつでも目に入るように、自宅のローテーブルの真ん中に置いた。

風通しのよい場所がいいというので、USBタイプの小型サーキュレーターをテーブルの端に置き、たまに風を吹かせてあげる。天気のいい日は窓を開ければいい。

「初めての共同作業ってやつだ」

「そうですね。……大事に育てましょう」

共同作業はケーキ入刀ではなかったけれど、植物をふたりで育てるのも充分素敵だと思う。

愛のないドライな契約結婚も、案外うまくやっていける気がした。

第五章　素直じゃない彼の愛情表現

世の中はもうすぐゴールデンウイークに突入するけれど、私たち夫婦にレジャーの予定はない。

彼は仕事にかかりきりで、それはそれでかまわないと思っている。私が自分の時間を自分で充実させれば済む話で、その間、彼は患者さんと向き合っているというのだから誇らしいくらいだ。

もともと忙しい父の背中を見て育ったし、母は母でそんな父に多くを求めず気ままに楽しんでいたから。そういう感覚には慣れている。

「これでよし、と」

オーブンから天板をゆっくりと引き出す。その上に規則正しく並んでいるのは、真宙さんにリベンジすると誓った例のクッキーである。

生地に混ぜ込んである黒いつぶつぶは、以前は紅茶だったが、今度はローズマリー。

先日カフェに行った際、彼がハーブの香りのよく利いた炭酸水を頼んでいたのを見て、きっと好きだと思ったのだ。

冷ました後、味見にひと口。まだほんのり温かいクッキーはバターが香り立ち、香草のオリエンタルな風味と交ざり合ってくせになる。市販品にはない味という意味でも、なかなかアリなんじゃないだろうか。

もちろん粉砂糖はまぶさない。食べやすいひと口サイズ。

よし、これで挑もうと、なんの勝負かわからないが気を引きしめ、彼の帰宅を待つ。

今日は日曜日だが彼は出勤で、朝早く出かけていった。

普通であれば夜には帰ってくるはずだが、彼は残業も辞さないから、というかむしろ定時という概念が抜け落ちているから、何時に帰るかはわからない。

結局、帰宅したのは二十一時過ぎで、スーツのジャケットを脱ぎネクタイを外した姿でリビングにやってきた。

「おかえりなさい」

「……ああ。ただいま」

その声が妙に暗い気がして、私はダイニングテーブルに座ったまま顔を上げる。

黙ってキッチンに入っていくうしろ姿は、見るからに不機嫌そうで——そもそも機嫌がいい日も少ないけれど——関わるなというオーラを放っていた。

「夕飯の残りが冷蔵庫にありますから、もしお腹が減っているようでしたら」

「……いや、いい」

お腹が減っていないのだろうか、それとも減っているけれどいらないのだろうか。今日はいつにも増して不明瞭かつ切り返しが雑で、気遣いを望むわけではないけれど、余裕のなさが気がかりだ。

病院でストレスの溜まるような出来事でもあったのだろうか。放っておいた方がいい気もするけれど……。

彼が冷蔵庫からミネラルウォーターのペットボトルを取り出し、リビングに戻ってくる。すれ違いに私はキッチンに入って、戸棚からクッキーを取り出した。

できれば今日のうちに味見してもらえたらと思って、あらかじめ小皿に数個取り分けておいたのだ。

「真宙さん。よかったらこれ」

小皿を両手で持って、ソファの前に立つ真宙さんのもとへ持っていく。

食べれば少しでも気分転換になるかもしれない。ローズマリーの香りにはリフレッシュ効果もあるそうだから。

彼は横目でちらりとこちらを確認したが「今はいい」と端的に言い放ちミネラルウォーターを口に運ぶ。

「ひと口だけでもいかがですか？　気分転換になるかもしれませんし――」

「いいって！」

その時、振り向いた彼の肘が私の手にあたった。お皿が一瞬浮き上がり、中に入っていたクッキーとともにフローリングの床に落下する。

「あ……」

落ちたクッキーにというよりも、彼の焦燥めいた表情に動揺して、声が漏れた。充血した目。でも悔しさをかみ殺すような気高い眼差し。

私、触れちゃいけない時に、無理やりちょっかいをかけちゃったんだ……。

視界の端にはふたりで購入したエアプランツ。『かまいすぎると死んじゃうんだ』――彼の忠告を思い出して胸が痛くなる。

こういう時、彼はそっとしておいてほしいタイプだってわかってたのに。

「……璃子。ごめん」

彼の口から謝罪が漏れる。私はクッキーを拾おうとする彼の手を掴んで制した。

「ううん、私の方こそ……しつこくしてごめんなさい」

悪いのは私。彼の気持ちも考えずに、自分の意見を押し通そうとしたから。

私は落ちたクッキーを小皿に拾ってテーブルに置く。お皿は割れなくてよかったけれど、クッキーの欠片が床に散ってしまった。

「あの、今掃除機、持ってきますから！　このままにしておいてください。真宙さんはまずお風呂に――」

「いいよ。自分で片付ける」

「でも……お疲れでしょうし。無理はしないでゆっくり休んでください」

「……疲れてるように、見える？」

なにかを言いたそうな顔で、唇を引き結んだ彼と目が合い、呼吸が止まる。

なんとなく放っておけない気がして、「あの……」と自信なく口を開いた。

「もし、私にできることがあれば……その、たとえば話を聞くとか。力になれることがあったら――」

「慰めてくれるって？」

その瞬間、私の体が浮き上がった。彼が私の膝の裏に手を差し入れ、体を横抱きにしたのだ。

「きゃっ！」

彼は私をソファに転がし、すかさずその上に覆いかぶさる。思い詰めた眼差しが、私を射貫くように迫ってくる。すごく端整で色香があって、艶めいているのに苦しそうにも見える。

どんな感情でその表情と向き合えばいいのか、私にはわからない。

「真宙さん、どうして――」

「慰めてくれるんだろう？」

質問を口にする前に、彼に唇を塞がれる。

キスは三度目。一度目は疑惑をごまかすための偽りのキス。二度目は契約結婚を持ちかけられた時の、服従させるようなキス。

そして今は、感情をぶつけるキス。彼の指先が私の首筋を情熱的になぞり、顎を掴まえる。

「待って、ください……！」

彼の熱っぽい眼差しにくらりとめまいがした。呑まれちゃダメだ、そう自分に言い聞かせ理性を総動員する。

再びキスされるその前に、私は彼の頬を掴まえて押し戻した。

「体で慰めるなんて、言ってません！」

彼の動きがぴたりと止まる。かと思えば、鬱陶しそうに目を眇めた。

「じゃあなに。言葉で慰めてくれるって？　頑張れ、負けるなって？」

「……負けそうなんです？」

「そんなわけないだろ」

プライドが許さなかったのか、彼がきっぱりと言い放つ。

「じゃあ、信じてます」

すると、彼は面食らった顔で「はあ？」と声をあげた。

「だって、真宙さんは強いので」

結局彼は、私が手助けしなくても立ち直って前に進んでいくだろう。私にできることなんてない。あるとしたら、そっと信じて見守るくらいだ。

「真宙さんは負けないって、信じてます」

そう断言すると、彼はパチッと瞼を大きく上下した。しばらくフリーズした後、大きくため息をついて私から体をどける。

「真宙さん？」

「……拍子抜けした」

乱れた襟元を直して起き上がって、こちらをちらりと覗き込んだ後「ほら」と片手を私によこした。

「起きなよ。それとも、続きをしてほしい？」

「いえっ……！」

慌てて彼の手を取って立ち上がる。頭ひとつ分、大きな彼を見上げると、その口元にわずかに笑みが浮かんでいた。

「君に慰めてもらう必要なんてない。仕事のことしか頭にない最低男をせいぜい信じていればいい」

そっぽを向いてリビングを出ていく。

機嫌は……直ったのかしら？　一応表情はすっきりとしていた気がするけれど、最後まで憎まれ口を叩いていたのでよくわからない。

体で慰めるはないとしても、もう少し優しい言葉をかけてあげるべきだった？

そんな葛藤をしながら、私は床の掃除をしようとハンディクリーナーを取りに行った。

父から電話が来たのは、その一件の二時間後。就寝の準備をしていた私は、震えている枕元の携帯端末を慌てて耳に当てた。
《遅くにすまないな、璃子》
少し申し訳なさそうな父の声が響いてくる。

「こんな時間にどうしたの、お父さん？　もしかしてお母さんになにか――」

《いや、深刻な話題じゃないんだ。ただ――》

もごもごと言い淀んだ後、ようやく父が切り出す。

《お前たち、新婚旅行はどうするんだ？　ゴールデンウイークも連休を取らなかったみたいだが》

……なるほど。あまりにも真宙さんがワーカーホリック全開で連休もフル稼働しているから心配になったらしい。なかなか仕事を休まない真宙さんに、父としては融通を利かせてあげたいのだ。

なにしろ娘の幸せがかかっている、たとえ周囲に職権乱用と文句を言われようが、充分な連休を取らせるつもりだろう。

だが、当の私たちにその気がないことには、調整のしようもない。

「……しばらくは考えてないの。お互い仕事が忙しいし。もう少し落ち着いてからでいいかなって」

真宙さんの場合、永遠に落ち着かない可能性もあるけど。

父は《そうか》と心配そうに頷きながら、《予定があるならいつでも相談しなさい。どうにかするから》と過保護に言い添えた。

「ところで今日、病院でなにかあった？　真宙さんが……なんとなーく、落ち込んでいるような……」

探りを入れるのは反則かなあと思いつつ尋ねてみると、案の定、父は《……ああ！》と思い出したように声をあげた。

《落ち込んでいるか。いやいや、院内ではそんな素振りは微塵も見せなかったんだが、やはりそうか》

事情を知っているような口ぶりに、私は「なにがあったの？」と問い詰める。

《実は頭部外傷の急患が搬送されてきて緊急手術になったんだが、手の施しようのないひどい状態だった。無理だとわかった上で武凪くんが執刀を引き受けてくれたんだが、案の定な……やはりこたえていたか》

すっと背筋が冷たくなる。『お母さんは助かるよ』――あんなに自信満々だった彼にも、救えない命があった。

当然だ。だって真宙さんは神様じゃない。全員を救えるわけがないのだ。

《ずっと外科医を続けているとな。この患者は助からないだろうって、わかってしまう時がある。彼もそう思ってはいたんだろうが、最後まで手を尽くしてくれた。本当に真面目な男だよ》

胸がギュッと苦しくなる。手を伸ばしても届かない、指の隙間からすり抜けていく命を、彼はどんな気持ちで受け止めたのだろう。

「……そういう時、お父さんならどうするの？」

《私か？　どうしようもないな。きちんと反省して次に活かすのも仕事のうちだ。だが、まあ——》

少し考えた後、ぽつりと漏らす。

《落ち込んだ時は、母さんに慰めてもらったこともあったかなあ》

「お父さん……」

父を支えたのは母だった。真宙さんには支えてくれる人が——悲しみや悔しさを一緒に受け止めてくれる人が、いるだろうか。

通話を終えた後、きゅっと唇を引き結びリビングへと向かう。

もう十二時を過ぎているが、まだリビングの明かりは点いたままだ。ドアを開けると、ソファに座る彼のうしろ姿が見えた。

……なにをしているんだろう？

ローテーブルの方に手を伸ばして、なにかをしているみたいだが——。

「あっ……！」

思わず声をあげると、彼が驚いた顔で振り向いた。

その口元にはクッキー。しかも、私がさっき落として割ってしまったやつだ。ローテーブルには先ほどの小皿がまだ置かれている。

「それっ、なんで食べて……あれ、私、もしかして捨て忘れて……？」

ローテーブルの方に回り込み、小皿の上のクッキーと彼を交互に見つめる。

「床に落ちたくらい平気だ。日頃から君が掃除してくれてるし」

「いや、でも！　食べるなら、向こうに落としてないやつがいっぱいありますから」

「捨てるのはもったいないだろ」

そう言って彼は小皿に手を伸ばし、最後のひと欠片までぱくりと完食。「ごちそうさま」と手を合わせる。

「美味しかったよ。入っていたのは香草？　スパイシーでおもしろい味だった。休日にゆっくり食べたいな」

いつも通りのふてぶてしい笑みを向けられ、胸がきゅっと締めつけられた。

患者の死を引きずって、きっと悔しいはずなのに。私の前で笑ってくれる優しさがなんだか切なくて、申し訳なくて。私が気を遣わなきゃいけないはずなのに、逆に気を遣われたのがやるせなくもあって。

勝手に目頭が熱くなってくる。

「……どうしたの？」

片方の目から、こらえきれなくなった涙がぽつりと頬を伝って落ちる。力が抜けて、彼の隣にすとんと腰を落とした。

「逆に気を遣われるなんて、なんだか自分が情けなくて……」

「逆にって……もしかして、お父さんからなにか聞いた？」

顔をしかめる彼に、ごまかしても無駄だとあきらめて素直にこくりと頷く。彼は知られたくなかったのか、「あーあ」と肩を落とし、私のおでこをツンとつついた。

「君がそんなずるいことする子だったとは」

「ごめんなさい。私、なにも知らないで」

「いや。俺が悪かったよ。君に当たったりして」

私は首を横に振る。無神経だったのは私の方だ。突然キスをしてきた、あれは甘えていたのだと――私に助けを求めていたのだと、今ならわかる。

「ずっと考えているんだ」

ぼんやりと虚空に視線を漂わせながら、彼がぽつりと漏らす。

「俺のなにがいけなかったんだろうって。判断があと一秒早かったら、助かってたんじゃないかとか。後先考えず処置を進めていたら、麻痺は残っても命は助かったんじゃないかとか」

「っ真宙さんは、悪くないです！」

誰がやっても免れない死。それを自分のせいだと責任を感じ続けている彼に、声を大きくして反論する。

「私は日頃から、真宙さんが医療に誠実に向き合っているのを知ってるから——」

「それなら、余計に滑稽じゃないか？　家庭をないがしろにして仕事に全振りしてるくせに、なにもできないなんて——」

「そんなこと……！」

これ以上自分を傷つけてほしくなくて、気が付けば彼の言葉を止めようと躍起になっていた。

かといって、彼みたいに唇を塞いで遮るなんて高等技術はないから、がむしゃらになって胸元に飛び込むと、彼は私を受け止めて、そのままソファの座面に転がった。

「……驚いた。君に押し倒される日が来るなんて」

私が一番驚いている。でも言葉で伝えられない時は、体でどうにかするしかないのかもと初めて理解した。さっき彼が強引に押し倒してきた時と同じように。

「真宙さんは、悪くないです」

「わかってる。なにも初めて患者が死んだわけじゃない」

真宙さんは寝転んだまま、宥めるように私の頭をポンポンと撫でる。

「でも、この死と後悔をきちんと刻みつけておかないと。助からなかった彼が報われない」

その声色は至って冷静だけれど、投げかけた言葉はまるで自らに刃を向けているかのようで胸が痛くなった。

そうやって自分を追い詰めて成長してきたんだ。トップレベルの腕前だなんて言われているけれど、そこに至るまでの過程はいばらの道で、努力の結果なのだとわかる。

「自分を責めないでください」

「落ち込んでいるように見えてる？　別にへこたれてなんてないけれど――」

「私の前では強がらないで……欲しい、です」

彼は意表を突かれたのか、ぴくりと動きを止めた。少しだけ上半身を持ち上げて、こちらを覗き込むように見つめてくる。

「なら、璃子はどうする？　今度はどうやって慰めてくれるんだ？」

甘えるような眼差しを向けられ、今度こそドキンと鼓動が跳ねた。

慰め方なんて考えてなかった。ただ無我夢中で彼にしがみついているだけで。

「ええと、その」

「優しくしてくれるんだ？」

「それは………はい」

悩んだ末に頷くと、彼が「健気だね」と呆れるように笑った。

「じゃあ、遠慮なく甘えさせてもらおうか」

再びソファに寝転んで、誘うように私の後頭部に手を回す。ゆっくりと力を加え招き寄せると、彼が少しだけ首を傾け、私の唇を受け止めた。

四度目のキスは、とても優しかった。私の不安に寄り添うような、彼の苦しみに寄り添わせてくれるような、甘やかなキス。

深く唇を重ねたわけではない、舌を絡ませるわけでもない、軽く触れ合っただけなのに、なぜだかとても満たされた——彼とのキスが、初めて幸せだと思えた。

音もなく唇が離れていく。

目を開けると、柔らかく微笑む彼。いつもの不敵で不遜な笑みじゃない、温かみを感じる優しい笑顔。

「今日はこれで、慰められてあげるよ」

体を起こし私を隣に座らせると、頭をくしゅくしゅと撫でる。

私よりずっと経験豊富であろう彼が、こんなキスひとつで本当に満足できたのかはわからないけれど、それでも表情からは焦燥が消えている。

「おやすみ」

「……おやすみなさい」

彼に目線で見送られ、リビングを出て自室に戻る。最後にくれた微笑みは晴れやかだった。

自室に戻ってドアを閉めた途端、唇の温もりが蘇ってくる。今さらになって頬が紅潮し、涙目になって、ドレッサーの鏡にはなんとも情けない自分の顔が映った。

……真宙さんとキスをしてしまった……。

四度目にして、ようやくファーストキスを体験したかのような気分。

これまでの濃密なキスが粘膜の擦り合いだとするならば、さっきのは好きな人と想いを通わせるキス。ソフトなのに、その実すごく情熱的だった。

いてもたってもいられなくなり、恥ずかしさをごまかすように両頬を押さえる。

彼はワーカーホリック、異常な合理主義者、目的のためなら女性をたぶらかすことさえいとわない最低な人——そんな印象だったはずなのに。

不意に見せてくれた優しくて素直な瞳に、恋をしてしまいそうだ。

それからというもの、真宙さんの態度に変化があった。

平日の朝。洗面台で顔を洗い、化粧水をつけていると。

「おはよ」

通りかかった彼が急に背後から抱きついてきたので、思わず「ひゃあっ」と悲鳴をあげた。

「お、おはようございます。なんでこんなに近いんですか」

近いというよりゼロ距離ですけども。彼は私の頭の上に顎をのせて「璃子がかわいいからじゃない？」とおどけている。

鏡越しに彼の不遜な笑みが見えて、おもしろがっていると確信する。私がすぐに赤面して慌てるものだから、からかいがいがあると味を占めたらしい。

「真宙さんは、今日はお休みなんですか？」

「いや。これから仕事」

「じゃあ、早く準備しないと。すぐにここ、どきますから――」

「そんなに焦らなくても平気」

「いや、でも──」

合理主義の権化のような彼が、私にじゃれついて時間を潰すなんて、いったいどんな心境の変化だろう。

一方の私は緊張でそれどころではない。朝から密着され低めの血圧が急上昇して、こころなしかめまいがする。

「ほら。それもつけるんじゃないの？」

洗面台の脇に置いておいた乳液に視線を向ける彼。

「……はい」

背中に彼がまとわりついたまま乳液のボトルを手に取る。もちろんだけど視線もずっと私に絡みついていて落ち着かない。

「一旦、離してもらえません？」

「一旦でいいのか？」

彼がパッと手を放し、降参みたいなポーズをする。乳液をつけ終わったらもう一度抱きつくつもりだろうか。これじゃあ心臓がいくつあっても足りないのだが、止まったら責任持って治してくれる？　……いや、彼は脳外科だから多分無理だ。

「……部屋でつけますから、真宙さんは洗面台を使ってください」

そう断って、乳液を片手にそそくさとずらかろうとすると。

「こら、逃げるな」

彼の片腕にあっさり捕らえられ、胸の中に押し込まれる。私がうろたえている間に、彼が腰を屈めてきてキス。

「苦っ」

化粧水が唇についていたのか、彼が顔をしかめる。

「こんな時にするからですっ」

「おはようのキスしただけなのに」

渋い顔をする彼を置いて、そそくさと部屋に逃げ込む。

しばらくドアの前で耳を澄ましていると、水音が聞こえてきた。彼が顔を洗い始めたのだろう、あきらめてくれたとわかりホッとする。

……リビングに行ったら行ったで、またじゃれつかれるんだろうけれど。

おかしなことになってきた。愛のない結婚生活――だったはずが、予想外の方向に転がってきている。

「来月、璃子って連休取れる？」

そう尋ねられたのは、五月の連休明けの日曜日。ちなみに連休中はカレンダー通りに出社したので、有給がほぼ残っている。

「事前に休暇の申請を出しておけば休めますけど……なにか用事でも？」

「そろそろ新婚旅行をと思って」

「え」

帰ってきた言葉に耳を疑う。新婚旅行する気があったとは。というか、この人は仕事から離れてハネムーンなんて耐えられるのだろうか、精神的に。

「もしかして、父からプレッシャーでも？」

「……まだだけど、そろそろ娘をないがしろにしすぎだって怒られる予感はしてる」

なるほど。きっと父の無言の圧がえぐかったのだろう。

これも契約結婚、延いては条件の一環だと思って耐え忍んでほしい。

「わかりました。真宙さんのお休みが決まったら教えてください」

「日程の候補はあるんだ。このあたりでどうかな？」

真宙さんが携帯端末のカレンダーを表示させて、六月の中旬頃を指さす。

「そこなら今から申請を出せば休みが取れると思います。ちなみに場所はどうします？」

「ドイツなんてどう？　璃子ももう一度行きたいって言ってただろ？」

頭の中に懐かしい街並みが蘇り、大きく目を見開いた。行きたい！　そんな気持ちが私の表情に表れていたらしく、彼は目元をふんわりと緩める。

「常々、行ってみたいとは思ってたんだ。ほら、医学といえばドイツだし」

「ああ、以前はカルテもドイツ語で書いていたそうですしね」

戦前の日本がドイツ医学を取り入れた関係で、医療用語もドイツ語が多い。カルテという単語自体もドイツ語で、他にもレントゲン、ワクチン、オペなどもそう。歴史を紐解くと、日本の医学とドイツは切り離せない。

「案内してもらえると嬉しい」

「私でよければ。学校のあったベルリン周辺や有名な観光地くらいなら問題なく案内できると思います」

「充分だ」

ドイツへ新婚旅行――すごく楽しみになってきて気持ちが高揚する。

当時は学生だったから好き勝手移動するのは難しく、行きたい場所を網羅するなんてできなかった。

仕事に就いて落ち着いたら、またあらためて行きたいと思っていたのだ。予期せず願いが叶ってとても嬉しい。

翌月、真宙さんは無事に連休を確保した。まあ、ハネムーン休暇と聞いて父が融通しないわけがないので、確約のようなものだが。

それでも日程を調整した反動なのか、旅行までの一カ月間はこれまで以上に忙しかったようだ。もちろん、彼は嬉々として働いていた。

私も有給を取得し、いざ五泊七日の新婚旅行へ――のはずだったのだが。

日本からフランクフルトに向かう直行便の機内で、私は隣に座る真宙さんに尋ねる。

「最初の目的地がベルリンで本当によかったんですか？」

ドイツ南部にあるノイシュヴァンシュタイン城を観光のメインにすると言いながら、彼がまず向かったのは北部にあるベルリンだった。

「だって、璃子の思い出の地だろ。外せないじゃないか」

「それは嬉しいですけど。南北縦断するとなると、かなりの移動時間になりますから」

観光より移動時間の方が長くなりそうだ。日本ほど列車の時刻も正確ではないから、一日に長距離移動しようとすると乗り継ぎに失敗して痛い目を見ることがある。

「のんびり行こう。……寄り道したい場所もあるし」

「え？」

「挨拶したい人がいるんだ。璃子にも紹介するよ」

そう言って曖昧に微笑む彼。ベルリンで会いたい人って誰だろう？　予期しない展開に緊張してくる。

フランクフルトから乗り継いでベルリンの宿に到着したのは夜。翌朝早々、案内されたのは市内にある『ベルリン国際医療センター』だった。

エントランスで出迎えてくれたのは、父よりも少し年上くらいの男性。白髪の交じったブロンドに、青みがかった目、白めの肌。典型的なドイツ人といった様相だ。

スーツのジャケットにジーンズのボトムスを合わせていて、首に身分証のような写真入りのカードを提げている。白衣は着ていないので医者かどうかはわからないが、この医療センターの関係者なのは確かなよう。

『久しぶりだね、タケナギ。よく来てくれた。歓迎するよ』

英語でそう言って真宙さんと握手をする。

真宙さんの方も『またお会いできて光栄です』と、少し固めの英語で再会の喜びを表現した。身内やフランクな友人ではなく、仕事の関係者のようだ。

『紹介します。妻の璃子です。璃子、彼はマイヤー医師。この病院の役員で、医師会の理事も務めている』

想像以上に目上の方だとわかり内心はらはらしながら、『初めまして。お会いできて光栄です』と英語で挨拶する。

『歓迎します。よく来てくださいました』

笑顔のマイヤー医師に握手で応じた後、私はなるほどと隣の真宙さんに冷めた眼差しを送った。

ドイツ行きに妙に乗り気だったのは、私との新婚旅行を楽しみにしていたというより、ドイツの医師会の権力者に挨拶がしたかったのね。

わざわざ北上してベルリンに宿を取るという非合理な行動の理由がようやくわかった。ハネムーンすら仕事に利用するなんて、本当にとんでもない男である。

『ふたりとも、ドイツは初めてかい？』

『俺は初めてですが、彼女は留学経験があって』

私がドイツ語で『中央部にあるヴィルヘルム語学学校に二年間留学していました』と説明すると、マイヤー医師は『なるほど、美しい発音だ。素晴らしい』と褒めてくれた。

『どうだろう、タケナギ。この後、ナイダス摘出の予定手術があるんだが、見学していかないかい？　日本のやり方とは違って、おもしろいと思うよ？』

真宙さんの目がきらんと光る。興味津々といった心の内が横で見ていてもわかった。

『……いえ。興味はありますが、今日は彼女もいますので、またの機会に』

断腸……！といった表情で断る真宙さん。一応、私をひとり残して仕事をするわけにはいかないと、気を遣ってくれているらしい。

『では、タケナギが手術を見学している間、リコさんにはベルリン観光を楽しんでもらったらどうだい？　私の秘書に案内させよう』

『……せっかくの……ご提案ですが』

苦悶の表情をする真宙さん。一生懸命、誘惑に抗おうとしている。

「……私、それでもいいですよ？」

日本語でこっそりそう伝えてみるけれど、彼は「絶対ダメだ」と目を据わらせて呟いた。

「どうしてです？」

「彼の秘書は色男で有名なんだ。璃子とふたりきりにさせるわけにはいかない」

そう言って、ちらりとマイヤー氏のはるか後方を睨む。

柱の陰に慎ましく立っているのは、マイヤー氏と似たカードを提げたスーツ姿の男性。あの方が秘書か。なるほど、モテそうだ。

「じゃあ、私ひとりならいいんです？」

そう提案して前へ踏み出す。うしろから彼の「は？」という情けない声が聞こえた。

私はドイツ語に切り替えて――真宙さんに聞かせたくないわけじゃなく、単純にしゃべりやすいからだ――マイヤー氏に向かって切り出した。

『私のことでしたら、おかまいなく。久しぶりにひとりでゆっくりとベルリンの街を散策してみたいと思っていたところなんです。私は市内で買い物をして宿に戻っていますので、今日一日、夫をどうぞよろしくお願いします』

秘書の同伴を丁重に辞退する。真宙さんは完全には聞き取れなかったものの、ぼんやりとは把握したようで、心配そうに私の肩を掴んだ。

「待って、今、ひとりで行くって言った？　女性が単独で出歩くのは危険だ」

「二年間も住んでましたから大丈夫。ひとりで行ったら危ない場所もちゃんとわかっていますから」

ドイツの中では比較的、治安がいいとされるベルリンだが、それでも犯罪率の高い危険な地域はある。そういう場所は、留学中に『絶対にひとりでは近付くな』と厳しく教え込まれたから把握している。

真宙さんはしばらく複雑な顔をしていたが――。

「恩に着る」

目を細くして微笑むと、私の頬にキスをした。びっくりして笑顔が凍りつく私。そんな私たちを〝お熱いなあ〟という目でにこにこしながら見つめているマイヤー医師。当然彼は、私たち夫婦間の事情などなにも知らないのだろう。

「くれぐれも危険な地域には行くなよ。なにかあったらすぐ連絡して」

「はーい、行ってきます。真宙さんもお仕事頑張ってくださいね」

手術は夕方には終わるという。宿で落ち合う約束をして、私たちは別れた。

病院を出ると、広々とした道幅にスケールの大きな建造物がドカドカと立ち並ぶ、海外ならではの光景が広がっていた。

ぼんやりと眺めて歩きながら、せっかくドイツまで来たのだから開き直って楽しもうと早々に頭を切り替え、どこに行こうか思案する。

ひとまず、ベルリン中央部をぶらぶらしてみようか。この先にあるミッテ地区ならお洒落な買い物スポットがたくさんあるし、休憩できるカフェもある。

ついでにベルリン大聖堂でも観光しよう。留学していた頃に一度見学したけれど、あそこは何度見ても荘厳で素晴らしいから。あの辺りは博物館なども密集しているし、いくらでも時間が潰せてしまう。

「よし、楽しむぞー！」

おひとり様ドイツ旅をこれでもかというほど満喫してやる！　そう心に決め、まずは中央部に向かって歩き出した。


ひとしきり買い物し、荷物いっぱいで宿に到着すると、先に着いて待っていた彼がその量を見て目を丸くした。

「……心配して早めに帰ってきたんだけど。もしかして杞憂だった？」

「はい。おひとり様ドイツ旅、満喫してきました！」

背中には、朝は背負っていなかった真っ赤なキャンバス生地のリュック。お土産を入れるために購入したのだ。鮮やかな赤がドイツっぽいかなあなんて思って。

「……悪かったよ」

窓際にあるひとりがけのソファに座っていた彼が、額に手を当てて心底申し訳なさそうに言う。

「別にかまいませんよ？　私が自分から別行動するって言い出したんですから」

正面のソファに腰を下ろし、ローテーブルの上に荷物を広げる。

「学生時代には買えなかったものを、思いっきり買ってきました」

行き当たりばったりで店に入り、気の赴くままに買い物をした。ワンピースにキャスケット、ハンドメイド感のあるアクセサリー、革製の小銭入れ、独特な柄のマグカップやステーショナリー、テディ風の置物まで。

「自分の会社の化粧品も買っちゃいました。ドイツ版パッケージを見つけたのが嬉しくて……ふふ」

「それ、ここで買う必要あったのか？」

「大聖堂も素敵だったなあ」

「……まあ、楽しんでいたみたいで安心した」

彼が拍子抜けしたみたいに肩を落とす。

「ひとりでも楽しめますから、そんなに心配しないでください」

これがエジプトとかブラジルとか縁もゆかりもない場所だったら、ここまで融通が利かなかったかもしれないけれど。ドイツならひとり時間を楽しむ余裕がある。

「もうご用は終わったんですか？　明日は病院に行かなくていいんです？」

明日の朝にはここベルリンを出てニュルンベルクへ移動し、一日観光する算段だったが――。

「……実は、明日の午前中に日本ではお目にかかれないレアめな手術が」

「じゃあ移動は午後にしましょうか。待ち合わせは駅でかまいませんか？」

彼が「いいのか？」と目を見開く。

「仕事の役に立つんでしょう？　それで将来、誰かの命が救われるなら、私もダメなんて言いたくありませんし」

「璃子ってすごく物わかりのいい妻だ」

「嬉しくありません」

むすっと頬を膨らませて脚を組む。彼が仕事をしている間、時間を潰すのはいっこうにかまわないが、都合のいい妻と言われるのは腹が立つ。

「なんていうか、逞しいよな、璃子は。いつも俺の予想の斜め上を行く」

不意に彼の眼差しが柔らかくなり、口元にさりげない笑みが浮かぶ。

それが心から安心した時に浮かべる表情なのだと、最近ようやくわかってきた。

「結婚したのが君でよかったって、割と本気で思ってるよ」

そして、そういう時に口にする言葉は、嘘、偽りや誇張のない本音なのだということも。

「ようやく私の魅力に気付きましたか？」

てしまう。
出会った頃の取り繕った綺麗な笑顔より、その方がずっと素敵だと、今の私は思っ
参ったように眉をハの字にして、端整な顔をくしゃりと歪める。
「ああ、認めるよ。璃子は魅力的な女性だ」

ディナーは伝統的なドイツ料理とワインを味わえる老舗のレストランを予約した。

こちらもまた学生時代には縁がなかった高級店だ。

定番のドイツ料理をいくつか注文し、それに合うワインをオーダーする。

「マイヤー医師とは、以前勤めていた大学病院で知り合ったんだ。見学に来ていた彼に手術の腕を見込まれて、うちの病院で働かないかと誘われて」

「ドイツまで来てくれってことです？」

「そう。魅力的な話だとは思ったよ。とはいえ、こっちで働くには諸々手続きが必要だし、言語の壁もある。それにほら、急にドイツに行くなんて言ったら、両親も驚くだろうし」

穏やかで人のよさそうなお父様とお母様の顔が頭に浮かんできて、「ああ」と頷く。

ここで彼の口からご両親への配慮が出てくるのは意外だった。仕事のためなら、な

にを犠牲にするのもいとわないタイプだと思っていたから。

「息子が海外に移住するってなると、それなりにストレスを与えるかなと思って。今はふたりとも元気にしているけれど、なにかあれば俺が支えなきゃならないし。生粋の日本人で英語すら話せないのに、ドイツに呼び寄せるっていうのもな」

ご両親のためもあってドイツ行きをあきらめたようだ。

冷たそうに見える彼だけど、ご両親のことは本当に大事にしているようで、優しい一面があるのだなと驚かされた。

お誘いを『魅力的な話』と表現するくらいだから、医療水準はこちらの病院の方が高いのかもしれない。やりたいことをストレートに実現できるのは、ここなのかも。

「……もし真宙さんがまだドイツで働きたいって思っているのなら、今は私もいますから」

不意に切り出した私に、彼は眉をひそめ「……どういうこと？」と呟いた。

「もしも真宙さんのご両親になにかあったとしても、私が駆けつけられますし。うちの両親もいるので、そんなに心配はないかと」

ドイツで医師になりたいと心から願うなら力になる、そう言おうとしたつもりだったのだが。彼は壮絶に眉根を寄せて、腹立たしそうに言い放った。

「それって。別居の提案？　俺が海外に移住しても、璃子はそれでいいんだ？」

彼に言われてハッとする。そうか、そういうことになるのか。

「あ、いえ。そこまで深く考えて言ったわけじゃ……ただ、現実的に可能かなって」

「ふーん、そう。璃子は俺と会えなくなっても寂しくないんだ？」

運ばれてきた仔牛肉の煮込みをナイフとフォークで上品に切り分けて口に運びながら、まるでいじけたような口ぶりで言う。

「寂しくない……とは言いませんけど」

愛のない契約結婚なのに、寂しいなんて言う権利、私にあるのかな？

そりゃあまあ……まったく顔を合わせなくなるのは寂しいけれど。毎日すれ違いだとしても、リビングに立つすらりとした背格好を目にするだけで、ホッとしている自分がいるから。

彼は今の私にとって、それなりに必要な存在なのかもしれない。

でも、〝寂しいから行かないで〟なんて言ったら迷惑だろう。そばにいてほしいとか、好きとか、口にしたらそれはそれで彼を幻滅させてしまいそうだ。

「――まったく」

私の葛藤をよそに、彼はひとりで納得して微笑を浮かべる。

「君って、どこまで人がいいんだろうな」

そう呟いた表情は、どこか寂しそうでもあった。

「今はもうドイツ行きは考えてないよ。日本で快適に医師ライフを送るために君と結婚したんだから」

「ああ、そうでした」

彼の医師ライフとやらは、それなりに快適になったのだろうか。私と結婚した意義はあった？

『結婚したのが君でよかった』――彼の言葉を思い出して胸が痛んでくる。

それは私が好きという意味ではなく、都合がよかったって意味だよね？

嬉しいような……虚しいような。その先を期待している自分に気が付いて、胸の奥のもやもやをごまかすように渋めの赤ワインを喉の奥に流し込んだ。

第六章　冷めない恋の証明

ドイツに到着して三日目の朝。早めにチェックアウトを済ませて、彼はバックパックを担いで病院へ。

私の分は宿に預かってもらい、細かなお土産品は日本へ配送した。身軽な格好でかつて通っていた語学学校周辺を散策する予定だ。

服は昨日購入したばかりのワンピースをさっそく着ている。六月のベルリンは温かく軽装でも充分だ。同じく昨日買ったリュックを背負い、私はひとり宿を出た。

懐かしい道、懐かしいカフェ。そのひとつにふらりと立ち寄り、テラスでコーヒーを飲んでいると。

『もしかして、リコ？』

声をかけられ、振り向いた先には懐かしい男性がいた。

『マティアス先生！』

彼は語学学校でお世話になったマティアス・フォーゲル先生。面倒見のよい先生で、授業後も留学生たちを観光案内してくれるなど、とても親切だった。

私より十歳上の三十歳――だったのは当時の話。あれから七年経っているけれど、彼の見た目はそう変わっていない。

ブロンドで彫りの深い顔立ち、長身で筋肉質な体躯がカッコいいと、留学生たちの間でもよく話題に挙がっていた。

『驚いたな、リコ。また会えて嬉しいよ。観光かい？』

『はい。久しぶりにこの辺りを見て回っていたところです。先生こそ、どうしてここに？』

普通であれば授業の時間。しかし彼はラフなシャツにハンチングをかぶっていて、これから授業という感じでもない。

『僕も今日はオフだよ。実は教師の仕事を辞めてね。今は市内でワインの専門店を経営しているんだ。……時間はある？』

尋ねられ、私は『昼までなら』と答える。彼は正面の席に座り店員を呼ぶと、カプチーノを頼んだ。

『ドイツ語、相変わらず上手だね。発音がとても綺麗だったから、リコのことは今もよく覚えているよ』

先生に発音を褒められたことを、私も覚えている。留学前にドイツ語を徹底的に勉強したから、ネイティブに近いと言われてすごく嬉しかった。

『しばらく日本にいたんだろう？　ドイツ語、忘れなかった？』

『今はドイツ企業の日本法人で働かせてもらっているので、ドイツ語のメールを書いたり電話で話したりする機会もあって』

『それでか。学んだドイツ語を役立ててくれているんだな』

運ばれてきたカプチーノを飲みながら、先生がにこにこ顔で私を観察する。

『見ない間に雰囲気が変わったね。明るくなった』

それは明るい色のリュックや、女性らしい花柄のワンピースを着ているせいかもしれない。昔は落ち着いた色合いの服装や、パンツルックがほとんどだったから。

『これ、昨日ミッテ地区で買ってきたんです。他にもたくさんお土産を買って』

『ベルリンを楽しんでるみたいだね。ひとりで来ているの？』

『実は――』

新婚旅行中である旨を説明し、夫は仕事で病院にいると話すと、彼はちょっぴり心配そうな顔をした。

『中央駅で待ち合わせか……よかったら、時間まで周辺を案内しようか？　美味しいランチの店も教えるよ』

『本当ですか⁉　ぜひお願いします』

コーヒーを飲み終えた後、彼が案内してくれたのは最近できた人気のジェラート屋さん、そしてジュエリーや小物のセレクトショップ。

セレクトショップの方は先生の知り合いが経営していて、いろいろなお話が聞けて楽しかった。オーナーが『そのワンピースにはこれが合うよ』と、花の刺繍が施されたバレッタを半額にしてくれた。

『ドイツに来たらまたおいで』と言ってくれたので『ぜひ！』と快く答えて店を出る。

連れていってくれたランチの店は、グリルを専門としたレストランバー。大胆にカットされた豚肉や骨付き肉、ドイツらしい分厚いソーセージがお皿にどかどかのせられてくる。ドリンクはもちろんベルリン産のビールだ。

『本っ当に美味しかったです！』

ドイツならではの味をお腹いっぱい堪能して、一度荷物を取りに宿に戻った後、ベルリン中央駅に向かう。

『喜んでもらえてよかったよ。待ち合わせはこの辺りで大丈夫？』

券売機近くの邪魔にならない場所で真宙さんを待つ。時間にきっちりしている彼だから、そろそろ来るはずだ。

『はい。ありがとうございました。お会いできてよかったです』

『僕もだよ。また来ることがあったら連絡をちょうだい。案内させて』

先生が別れのハグをくれる。大きな手が私の背中に触れ、そっと体を包み込んだ、その時。

「璃子……！」

背後から叫ぶ声がして腕を掴まれた。思いっきり体を引き寄せられ、倒れ込んだ先は男性の胸の中だった。

「って、真宙さん……？」

そこには険しい表情をした彼がいて、私の体を抱き込み、目の前にいる先生に向けて鋭い眼差しを送っていた。

『⁉　ああ、もしかして君がリコの——』

一瞬驚いた先生だったが、その男性が私の伴侶だとすぐに気付いたらしい。

『初めまして、語学学校の教師をしていたマティアス・フォーゲルと——って、ドイツ語で大丈夫かな？』

あらかた聞き取れてはいると思うけれど……怪訝な顔でいまだ睨みを利かせている真宙さんに、私は日本語で補足する。

「彼はマティアス先生。留学中にお世話になった語学学校の先生で、さっき学校の近くで偶然お会いして、お昼をご馳走になったんです」

ようやく状況を正確に理解した真宙さんが、私から手を離す。

『……すみません、てっきり妻が絡まれているのだと誤解して。初めまして、璃子の夫の真宙です』

そう言って人当たりのいい笑顔に切り替え、英語で挨拶する。〝妻〟だとか〝夫〟だとかいう単語を妙に強調した気がするのは――私の気のせいだろうか。

『会えて嬉しいよ』

真宙さんが差し出した手を握り返しながら、ぬくぬくと微笑んでいる先生。多分、私たちが新婚のお熱い夫婦だと誤解したんじゃないかな。実際はそんなんじゃないのだけれど。

『元気でね、リコ。そうだ連絡先を教えておくから、また来ることがあったら――』

そう英語で言って携帯端末を取り出す先生。

しかし、顔を上げた先に恐ろしいほど綺麗な笑みを浮かべた真宙さんがいて、先生は一瞬動きを止めた後、端末をポケットにしまった。

……その嫉妬深い夫ムーブは、なんなんだろう？

『──店の名刺を渡しておくよ。美味しいワインを用意して待っているから、ぜひ旦那さんと一緒においで』

そう言って店の住所が書かれたカードをくれる。私も『はい。主人と一緒にうかがいます』と英語で答えて名刺をポケットにしまった。

先生と別れ、ふたりでニュルンベルク行きの列車のホームに向かう。

移動の間、なぜか私と手を繋ぎ指を絡ませ、決して離さない真宙さん。列車に乗り込むと私を窓際に押しやって隣に座り、再び指を絡ませる。

そっぽを向くように通路側の窓の外を眺めていて、なんとなく不機嫌なオーラを発している。

「あの、真宙さん？　どうかしました」

「……璃子をひとりにした自分の愚かさを呪ってる。まさか現地の男性とデートしてたなんて」

……まさか浮気を疑われてる？　恋愛する気はないくせに、私が貞淑かは気になるらしい。まあ、妻が浮気しているとなれば体裁が悪いので当然か。

「デートじゃありませんって。知人に二、三時間ベルリン市内を案内してもらっただけです」

「向こうは璃子に気があったかもしれない」

「気って……私は教え子ですよ？　十歳も離れていますし」

「海外じゃ割と普通だよ。璃子もなんだかニヤニヤして嬉しそうだったし」

思わずあんぐりと口を開けてしまった。その嫉妬にも似た言い分は、夫としてのプライドが傷つけられて怒ってる？

とはいえ私としては不貞を働こうという気は微塵もなく、叱られるのは理不尽だ。

「そんなつもりはありませんでしたっ！」

きっぱりと言い放ち手を解いて引っ込めると。彼は冷ややかな目をこちらに向けてきて、私を窓際に押し込めるように手をついた。

目の前に不機嫌な顔が迫ってきて、なにごとかと目をぱちくりさせる。

「璃子がどう思ってようが関係ない。俺以外の男とふたりきりで仲良く食事なんてするなって言いたいんだよ、鈍感なやつ」

そう呆れた声を漏らしながら、なぜか私の唇にキスをする。

困惑や苛立ちは吹き飛んで、むしろ頭の中が真っ白になった。

ようやく体をどけてくれたものの、また彼はぷいっとそっぽを向いてしまう。つれない態度に反して、手は再び繋ぎ直されていて彼の膝の上だ。

なんだか変。おかしいぞ？　これは嫉妬ムーブなんかじゃなくて……。

「まさか本気で嫉妬してます？」

口にした途端、変に意識してしまい、一気に頬が熱くなった。

彼からの反論は——来ない。つまり、肯定ってこと？

……嘘でしょう？

いつの間に私のことをそんな風に。ごまかすように窓の外に目を向け「……以後気を付けます」と小さく了承した。


三時間かけてドイツを南下し、着いた先はニュルンベルク。都会的なベルリンとは印象ががらりと変わって、赤茶色の三角屋根に石畳といった中世の面影が残る街だ。

すでに日が傾いてきている。暮れる前にと急いで宿に荷物を置いて、さっそく街へ繰り出した。

旧市街の中心に向かって大通りを歩いていくと、途中に見えたのは二本の尖塔が優美な聖ローレンツ教会。そして中央広場には荘厳なゴシック建築のフラウエン教会。

巨大なのにとても精緻《せいち》。写真の中でしか知らなかった芸術が、目の前にそびえ立つのを見て、感動のあまり身震いがした。

「まるで映画の中にいるみたいですね。見ているだけで興奮してきます……！」

「明日は中も見学しよう。有名な受胎告知のレリーフも見てみたい」

その日は夕食を済ませ宿に戻った。部屋は街の雰囲気によく合ったボルドーとブラウンのインテリア。ライトはオレンジ色で温かみがあって、どこかムーディーだ。

ふと部屋のレイアウトを確認して違和感に気付く。これまでの宿はシングルベッドがふたつだったのに、この部屋はキングサイズのベッドがひとつに枕がふたつ。

「あれ……」

「今さら気付いたの？」

荷物を置きに来た時点ですでに知っていたらしい彼が、ベッドを見つめて呆然とする私に呆れた声をあげる。

「え、どうしましょう。ベッドになりそうなソファもないですし」

「仲良く一緒に眠るしかないね」

この時間から部屋を変えてほしいとホテルのスタッフに頼むのも迷惑だ。こんな観光地のど真ん中のホテルで空き部屋があるとも思えない。

彼は脇にあるふたり掛けのソファに悠然と腰かけながら「夫婦だから問題ないだろ？」と涼しげに言い放つ。

問題は——いろいろある気もするけれど、どうしようもないのだから仕方がない。ベッドに腰かけて内心おろおろしていたが、彼に「シャワー、先にどうぞ」と声をかけられ、バスルームに向かう。

そしてドアを開けて絶句した。シャワー室がガラス張り……！

海外はそういうホテルも多いと知っていたけれど。隣の部屋に真宙さんがいると思うと落ち着かないことこの上ない。

私は寝室に顔を覗かせて、「絶対に洗面台は使わないでくださいね」と真宙さんに念を押す。あらかた察した彼がにやりといじわるな笑みを浮かべた。

「どうしようかな。急に歯磨きしたくなっちゃうかも」

「今のうちにお願いします」

「いいよ。覗かないって」

くすくすと笑われながら再びバスルームへ。そわそわしながらシャワーを済ませ、備えつけのバスローブに着替えて部屋に戻った。

「俺もシャワー浴びてくる。覗いてもいいよ」

自分に自信がある人間はそういうリアクションになるのか。私は丁重に「結構です」と断って、鏡台の前の小さな椅子に座り水分補給する。

窓の外には聖ローレンツ教会の尖塔が見える。

ホテルの予約は彼にお願いしたのだけれど、ベッドやシャワールームのトラブルを差し引いても、この絶景を用意してくれたお礼を言わなくちゃ。

しばらくすると、彼がバスローブ姿で出てきた。

「そこ、背もたれがなくて座りにくいだろ？」

彼がソファに座ると思ったから、私は鏡台のチェアに座っていたのだが。

「ほら。こっちに来なよ」

雑に腕を掴まれて、窓際のソファに連れていかれる。

ふたり掛けといっても割と小さめで窮屈。そこそこ広さのある部屋なのに、わざわざ一カ所に密集しなくても……と、そわそわした気持ちを抱えながらも彼の指示に従い並んで座る。

隣の彼からふんわりと香るソープ、そしてシャワーで火照った肌の熱気。

見上げるとふと目が合って、柔らかく、でも艶っぽく微笑まれた。

「ようやく捕まえた」

なにげない仕草で後頭部に手を回され、そのままキスを落とされる。背もたれに押しつけるように体重をかけられ、口づけが深まっていく。

いつもなら突っぱねるところだけれど、彼の熱視線にあてられて判断が鈍る。

「どうして……真宙さんは——」

私にキスをしたり、嫉妬をしたりするのだろう。愛なんて信じていないくせに。

彼は私の唇を食んで甘い水音を響かせた後、こちらの動揺を察したのか、唇を当てたまま囁いた。

「璃子が欲しい。誰にも渡したくない。チープな言い方をすれば、〝恋〟なのかもしれない」

恋——そんな甘酸っぱいフレーズとは裏腹に、その声はどこか沈んでいる。

「その〝恋〟ってやつが、花火みたいに一瞬だけ激しく燃え上がった後、すぐに燃え尽きることも知ってる。残念ながらその〝恋〟が〝愛〟になった経験はない」

「だから真宙さんはしきりに、愛はないと言うんですね」

愛に期待していないのだろう。永遠など信じられないと帰結するほどに、これまでの恋愛は悲しい結末を迎えたのかもしれない。

「璃子が好きだ。これがいつもの熱病なら、きっとすぐに冷める」

もの悲しいことを言って、彼は額にキスをする。

しかし、そのキスは甘く優しかった。

「それでも今は、試してみたいと思ってる。〝恋〟が〝愛〟に変わるかどうか」

「え……？」

ふと顔を上げると、期待のこもった目がこちらに向いていた。

「もしかしたら璃子となら、冷めない恋が見つかるかもしれない」

こつんと額が優しくぶつかる。自分よりわずかに高い体温が、肌を通して伝わってきた。

「俺を冷めない恋に落としてよ、璃子」

熱い眼差しとともに、私の頬に指先を当てて、その形をなぞりながらゆっくりと滑らせる。私という存在をしっかりと確かめるように。

ああ、真宙さんは、愛を探そうとしてくれているんだ。私となら永遠を誓えるかもしれないと思ってくれた。そんな期待を感じて、私は祈るように目を閉じる。

「わかりました」

彼の頬に私もまた手を添えた。温かい――その熱が冷めないことを信じて。

「……私が見つけます。真宙さんの、冷めない恋」

惹かれているのは私だって同じだ。横暴で、素直じゃなくていじわるで、でも高い志を持ち、ストイックで優しい彼のことが――大好きだ。

冷められてもらっては困る。私たちはいずれ、かけがえのない家族に、生涯のパートナーになるのだから。

彼がくすりと優しく微笑む。

「見つかる保証はないけど、よろしく頼む」

「……いつもひと言、多い」

「ごめん。俺はひねくれた人間だから。でも――」

不意に彼がポケットに手を突っ込んでなにかを取り出す。私の左手を持ち上げて、その薬指に押し込んだ。

「今この瞬間は嘘偽りなく、璃子を愛してるって誓うから」

驚いて左手を目線の高さに掲げると、シルバーに輝くリングが、蔦のような曲線を描き薬指に絡みついていた。

「これ……」

「ベルリンで買った安物。本物を買うまでしばらく、これで我慢してて」

眉をハの字にして自嘲する彼は、心底申し訳なさそうにしている。

「結婚指輪すら買ってあげてなくてごめん。俺はいい夫ではないね」

その言葉が本音だとわかるから。胸が切なく痛んで疼く。

「……嬉しいです。値段なんてどうでもいい。真宙さんが私を想って選んでくれたなら、これがいいです」

「璃子はもっとわがままになった方がいい。安っぽい指輪でごまかすなって叱ってくれよ」

呆れたように笑って、そっと背中に手を回して包み込む。

「でも、今夜はきっと、後悔させない」

そう言い置いてキスをして、開いた唇の隙間に深く舌を押し込む。その舌に絡ませるように私は自分のそれを動かし、初めて彼のキスを積極的に受け入れる。

……んん……キスってすごく難しい。私だけ舞い上がってしまって、彼が気持ちよくなってくれているかどうか全然わからないんだもの。

頑張って舌を伸ばしてみると、彼が「んっ」と優しい吐息をこぼして唇で受け止めてくれた。

「そう。上手。頑張って」

初めてなのを見透かして指導してくる彼は、なんだか上機嫌で、ちょっぴり偉そうで憎たらしい。

「っふむぅ……これ、合ってます？」

「合ってる合ってないじゃなくて、頑張ってる璃子を愛でるのがいい」

「暗に下手って言ってません？」

私がキスに奮闘している間に、彼は首筋に指先を這わせ、下へ下へと辿らせていく。

ガウンの中に滑り込ませ、肩を外してそっと素肌を撫でる。

思わずバスローブの胸元をきゅっと握って恥じらうと、彼の大きな手のひらが私の両手を握り込んだ。

「怖い？」

「……怖い、とかじゃなくて」

「だったら見せて？」

優しく尋ねながらも、どこか有無を言わせぬ圧力をはらませながら私の手をどける。

その瞬間、バスローブが腰まではだけて、白い双丘があらわになった。

「あの、待って、明るいし」

「そう？　このオレンジの照明、結構暗くない？」

「でも……その、恥ずかしい」

「璃子が恥ずかしがるほど、俺は興奮するけど」

粘性を持った眼差しが私の体に注がれて、お風呂上がりの火照った肌がいっそう桃色に染まる。

羞恥心と同時に下腹部が熱くなってくるのだからたまったものではない。興奮しているのは彼だけでなく私もだ。

「恥ずかしいなら、目を瞑っていて」

自身のバスローブの腰紐を解きながらそう囁いて、私の目の上に手のひらを置いた。

肩口をくすぐる彼の髪の感触、そして胸元に湿った温もり。唇が胸にちゅっと吸いつくのがわかって、思わず「あっ――」と吐息を漏らした。

逃げ出そうと反射的にのけぞる体、逃がすまいと腰を抱き寄せる彼。ソファから落ちそうになったところで「璃子。おいで」とベッドに誘われた。

バスローブを引きずってベッドに辿り着くと、すぐさま押し倒され動きを封じられる。彼の落とす影で幸いにも照明の問題は解決したけれど、その熱い眼差しにどこまで私の体が視認されているのかと考えると震えそうになる。

「もっと璃子を知りたい。隅々まで、全部」

そう言って手探りで私の体を確かめていく。

「愛したい」

そのひと言でタガが外れて羞恥心が吹き飛んだ。好きだから体を預ける――そこに罪深さなんてひとつもないのだとわかって。

「私も。真宙さんと……愛し合いたい」

彼のバスローブの中に腕を伸ばすと、熱くて硬い素肌は、私のふにゃふにゃした肌とは全然違っていた。

分厚い筋肉がその身を覆っているのがわかって、まるで違う生き物のよう。私を捕食しようと覆いかぶさってくるその仕草は、獣のようにも見えてくる。

その昂った獣を私はかき抱き、自分の方へと引き寄せる。

もうすでに密着してひとつになっているにもかかわらず、もっともっと隙間なく埋めたくて終わりが見えない。

「……もっと……近くに」

「うん。今、気持ちよくしてあげるから」

そう念を押して彼は、私の胸の頂を先ほどの深いキスと同じ要領で咥え、ころころと転がす。

漏れ出す甘やかな吐息と掠れた声。私まで獣になってしまったかのように理性が働かず、恥ずかしさも消えてしまった。

お互いを求めるように体が揺れ、滑らかな素肌が擦れ合い熱が増す。

たっぷりと舐め溶かされると、なぜか下腹部までつられてとろとろになっていて、彼の指先が確かめるように脚の間を縫って花弁をつついた。

「あんっ……！　や、真宙さんっ……」

私の反応を確かめながら、指先を操って弄ぶ。

てっきり私をいじめて楽しんでいるのかと思えば、彼の表情はひどく真剣で余裕なんかなく。その誠実で情熱的な眼差しに煽られ、さらに体が熱く昂り制御不能に陥る。

「ん……はあ……ダメ、それ以上は、もう——」

おかしくなってしまう寸前。もう我慢の限界。

「もっと聞かせて。璃子の声、好きだ」

「あ、ああっ——」

部屋の外まで響かないように声を潜ませ、それでも漏れ出る嬌声は止められなくて。

「璃子。愛してる。その声も、体も、俺を許してくれる隙だらけの心も」

バスローブをすべて脱ぎ捨てた彼が、私の上に圧しかかり、愛の杭を押し当てる。

「この奥を全部俺で埋め尽くしたい。璃子を俺でいっぱいにしたい」

愛の杭を穿たれた瞬間、初めての快感に打ち震えた。

「全部、埋め尽くして。頭の中も、体の中も」

甘やかな快感に酔いしれながら、何度も体を重ねて確かめ合う。

『今この瞬間は嘘偽りない』というこの愛が、この先もずっと続いていくことを願って、彼に全部を預けた。


翌朝。荷物を宿に預け、私たちはニュルンベルク観光に向かった。

念願の聖ローレンツ教会を訪れ、受胎告知のレリーフとステンドグラスの美しさに感動した後、中央広場を越えてさらに奥にあるカイザーブルクへ。

神聖ローマ帝国皇帝の住まいだったというその場所は、石を積み上げた威厳漂う城で、展望台から見渡せる街の景色は「来てよかった」とふたりで声を揃えるレベル。

赤茶色い屋根がミニチュアのように並んでいるのを見下ろしながら、真宙さんは私の背後に回り、包み込むように抱きしめる。

「この景色を璃子と一緒に見られてよかった。きっと一生忘れない」

「私も。ドイツの思い出、全部素晴らしいですもん」

「……ベルリンでのことは全部忘れてくれていいよ」

「絶対忘れません。だって、真宙さんが嫉妬してくれるなんて初めてですし」

彼が「いじわるだな」と苦笑する。

「嫉妬してもらえて嬉しいんです」

「だったら俺もあの教訓を忘れないようにするよ。二度と璃子を他の男とふたりきりにさせない」

そう言って私をうしろから強く抱き竦める彼は、心に昨日の嫉妬心を焼きつけているのかもしれない。

「それに、これも」

私は左手を太陽にかざすように掲げて、にんまりと微笑む。

「結婚指輪、あらためてくれるって言ってましたけど、私、これでいいです。っていうか、これがいいです」

なにしろ、ここベルリンで、真宙さんが私を想って買ってくれた記念だもの。

「やめてくれ。そんな安っぽいの。俺のプライドが許さない」

「安っぽくなんかないです！　ベルリンのデザイナーさんが一点一点手作りしてくれたものなんでしょう？」

今朝、値段を教えてもらったら全然安物なんかじゃなかった。むしろ世界にひとつだけの特別な指輪だと思えば、これ以上相応しいものはないと思う。

「じゃあせめて、これは右手の薬指にして。左手の薬指には俺が納得のいくものをはめさせるから」

私の左手をがしっと捕まえ、指輪を取ろうとする。私は「やめて～」と身じろぐも、あっさり奪い取られ、右手にし直された。

「璃子の価値は五〇〇ユーロじゃないよ。全財産、はたいたっていい」

「金額に囚われすぎです。大事なのはエピソード！」

「でも、お揃いがないから、これじゃあ結婚指輪にならない」

それは確かに。ペアでつけてこその結婚指輪だ。

というか、彼も指輪をつける気があることにびっくりした。仕事の邪魔になりそうだからいらない、なんて言うと思っていたのに。

「じゃあ、婚約指輪ってことにしといてください」

「ダイヤがない」

「ダイヤつきは結婚十年目とかでいいです」

さりげなく十年後をほのめかしてみると、彼は「わかったよ」と降参して折れてくれたので、私は指輪を左手にはめ直した。

古城の街をたっぷりと堪能した後、私たちは再び鉄道の旅へ。

次の目的地はフュッセン。ドイツの中央から南にかけて伸びるロマンティック街道の終着点として知られている。その呼び名の通り中世のロマンを詰め込んだ街は、童話に出てきそうなかわいらしい家々や商店が立ち並ぶ。

到着する頃にはまたしても日が暮れていて、本格的な観光は明日になりそうだ。ひとまず宿に荷物を置いて夕食をとりに出かける。

「どうしよう、建物がみんなかわいい……！」

「璃子。こっちを向いて」

真宙さんが携帯端末をかまえる。黄色い街灯にライトアップされた中世の街並みを背景に、私を写真に収めた。

「あ、急だったので変な顔しちゃったかも」

「オーケー。待受にしとく」

「ちょっ、なんの嫌がらせですか！」

端末を奪おうとするも、悪気のない笑みでかわされる。

「璃子を待受にしておけば、運気が上がりそうだから」

「っ、なんですかそれ……？」

怒ろうと思ったのに、そんな言い方されたら文句が言えない……。

きゅっと肩を抱かれてじゃれつかれ、見上げた彼の顔に浮かぶ笑みは無邪気で、まるで本物の新婚夫婦のよう。

胸がむずがゆくて嬉しくて、この気持ちをどう整理していいかわからず、ひたすら顔が熱かった。

今日の宿泊先は、おとぎ話に迷い込んだかのようなかわいい部屋。猫脚のテーブルとソファ、肘かけには精緻な彫刻。クリーム色の優しいカーテンに真っ白な壁、ベッドは天蓋つきで当然のようにキングサイズひとつだけ。

昨夜は激しく愛し合ったけれど、さすがに連日はないよね？と高を括っていた私が甘かった。シャワーを浴びて早々にやることをなくした彼は、今日も私を組み敷いて愛し合おうとねだってくる。

「真宙さん……そんな、毎日――」

キスの雨に溺れそうになりながら、やんわりと抵抗する。もちろん嫌なわけじゃなく、求めてくれるのは嬉しいけれど、体力的にちょっと厳しい。

「時間が許すなら、朝、昼、晩としたいくらいだけど？」

そう答えて私のバスローブを剥ぐ彼は、まさに劣情の獣と化している。

常にドライだったはずの彼が、こんなにも情熱的に豹変するとは。

「でも……その、やりすぎて飽きられちゃったら困るので！」

「それ、何年後にする心配だ？　まだ二日目だよ。一番熱くて離れがたい時なのに」

甘やかな口づけを落とされれば、途端に逆らえなくなってしまう。官能の波に呑み込まれ、彼の体が欲しい、そんな欲望しか見えなくなってくる。

「今日もかわいい声、聞かせて」

「……ん……真宙さん……」

結局、今夜もたっぷりと愛されて夜が更ける。窓の外の景色を堪能する間もなく、眠りに落ちてしまった。

翌朝、白い肌の至るところに赤い痕がついていて悲鳴をあげた。

「真宙さん……！　肌が大変なことに！」

「大丈夫。蕁麻疹とかじゃないから。俗に言うキスマーク。もっと俗に言うとマーキング」

マーキングってなに。私が真宙さんのものだってわかるようにマークしたってこと？　まさかそこまで露骨に独占欲の強い人だったとは。

唖然としつつもあきらめて――まあ、悪い気分ではなかったので――この後の予定に頭を巡らせる。

「朝食を食べて早々に宿を出ましょう。今日はドイツ観光のクライマックスですから」

そう。今日はドイツの観光スポットランキングトップ3に入ると言っても過言ではない、ノイシュヴァンシュタイン城の観光。このために北部のベルリンからここ南端の街フュッセンまで、長々と列車を乗り継いで大移動してきたのだ。

私たちはチェックアウトを済ませ、いざノイシュヴァンシュタイン城へ。

今日の宿泊はより城に近いホーエンシュヴァンガウ。宿に荷物を置いて、森の中にひっそりとそびえ立つ白亜の城へ向かうのだが、移動はなんと馬車。

馬車に引かれ城へ向かうシチュエーションは、まさに中世の貴族か王族か。

城内もしっかりと見学し、クールな真宙さんも珍しく興奮した様子で、私たちは新婚旅行のクライマックスを消化した。

ドイツ最後の夜。夕食を済ませ宿に戻ると、さっそく真宙さんが私にじゃれついてきた。観光しに来てるんだか、イチャつきに来てるんだか。まあ、新婚旅行の在り方としては正しいのかもしれない……。

「待ってください。今日はこの夜景を存分に楽しんでから寝るんです……！」

窓から見えるのはライトアップされた白亜の城。窓辺に縋りつくと、彼は私を背後から抱きしめながら一緒に景色を眺めた。

「璃子って結構、恋愛になるとドライなんだな」

「真宙さんはずぶずぶなんですね。本当に意外です」

「一番驚いているのは俺だよ。こんな自分、知らなかった」

頭の上で自嘲するような吐息が聞こえてくる。

これまでの真宙さんの恋愛は、もっとドライだったのだろうか。〝私にだけ〟、そう考えると、なんとなく嬉しいような誇らしいような。自分が運命の人だって言ってもらえているような気がしてくる。

「それに、日本に帰ったらまたすれ違いになる。こうやってゆっくりしていられるのは、今だけかもしれない」

途端に声に切なさが混じって、胸がきゅっと苦しくなる。

今は日常から離れているから私だけを見てくれているけれど、日本に戻ったらそうはいかない。彼はきっと仕事を優先する。

それが悪いとは思っていなくて、責任と誇りを持って医師という仕事に臨む彼が好きだ。ずっとそうであってほしいと思うし、できることなら支えたいとも思う。

……でも。もしかしたらいつか私は、寂しいと思ってしまうかもしれない。

「ずっとそばにいられなくてもいいです。でも、心の片隅に私を置いといてください」

四六時中想ってくれなくていい。彼が大切だと思うことに集中してもらいたい。

でもいつか羽を休めたくなったら、私のもとに戻ってきてほしい。

伝わったのか、彼は「安心しろ」と言ってこめかみに口づけを落とした。

「心の真ん中に璃子がいる。忙しい日常の中で、息をつく一瞬、空を眺める一瞬、立ち止まったその時に思い出すのは君だから」

「充分です」

目を閉じて彼の胸に体を預けると、唇に優しい温もりが触れた。その感触から、確かに彼の中に愛が芽吹いているのだと私は勝手に確信する。

ずっと一緒じゃなくていい。仕事が優先でかまわない。

ただ、たとえ体の距離が遠くても。心の中で寄り添える存在でいたい。それが私の独占欲の形なのだと気付いた。

甘やかに愛され眠りについた後。真夜中、苦しげなうめき声で目が覚めた。

隣で眠る彼が呼吸を荒くしてもがいている。一瞬、病気や発作の類かと疑って覗き込んでみるも、どうやら夢にうなされているだけらしい。

とはいえ〝だけ〟というにはあまりにも苦しそうで放ってはおけず、私は彼の肩に手を置いて「真宙さん」と呼びかけてみた。

彼は身じろぎした後、ようやく目を覚まし――。

「……っ！」

勢いよく飛び起きると、大きく肩で息をしながら、暗い室内を見回した。彷徨う視線が私に向いて、止まる。

「起こしてごめんなさい。うなされているようだったので。……大丈夫ですか？」

おずおずと話しかけると、次の瞬間には声もなく抱き竦められた。

よほど怖い夢を見ていたようで、その体はほんのり汗ばんでいる。やはり起こして正解だった。

「……部屋の明かり、点けましょうか？」

「いい。大丈夫。少し、このままで」

ひとしきりギュッと抱きしめた後、彼は体裁悪そうに「夜中に起こしてごめん」と謝って、再びベッドに寝転んだ。

「また眠れそうです？」

「ああ。……できれば、抱きしめさせて」

そう断って私の頭を肩口にのせると、ギュッと抱きついて胸の中に押し込める。

「……汗くさい？　シャワー浴びてこようか」

「ううん。全然平気です」

それどころか、フェロモンとしか形容できない甘い香りが、普段以上に彼の体から立ち昇っていて心が緩む。密着する体から温もりが伝わってきて、私だけ快眠してしまいそうで申し訳ないくらいだ。

「……たまに、夢を見るんだ」

ふと彼が、さっきよりも落ち着いた声で切り出す。

「夢？」

「助けられなかった、女の子の夢」

彼の言葉に、ひゅっと喉が詰まった気がした。

「医者になりたてで、まだ専門医資格もなかった頃。救急で搬送されてきた女の子がひどい脳内出血を起こしていて――死なせてしまった」

私を抱く彼の腕がわずかに震える。

失われたその命をどれだけ重く受け止めているか、その事実をどんなに悔やんでいるか、伝わってくるよう。目頭にじわりと熱いものが込み上げてくる。

「当時その場にいた誰が処置しても、同じ結果に終わったはずだ。あれをどうにかできる医師の方が少ない。だが、もしあの場にもっと腕のいい医師が居合わせたとしたら、救えるかもしれない命だった」

「それは……」

「わかってる。運でしかない。だが、あの子が医者の巡り合わせが悪くて死んだ事実には変わらない」

医師をしていれば、患者の死は必ず経験する。助けられない時だってたくさんある。でも彼はその無念を、己の無力さを、ずっと心の中で引きずって生きてきたんだ。なんて繊細で——真面目な人なのだろう。

「今の俺なら、あの子をきっと助けられる。だが、もっと重症の患者が来たら？　さらに高難度の手術が求められたら？　……どれだけ腕を磨いても、上を見ればきりがない」

彼がワーカーホリックである理由がようやくわかった気がする。

仕事が好きなわけじゃない。彼はずっと、どんな患者が来ても助けられるように、過去の悔しさを二度と味わわないために、自分の腕を磨き続けているんだ。

どこまでもどこまでも、終わりのない山をずっと登り続けている。

「あまり自分を、追い詰めすぎないであげてください」

〝助けられなかった〟のは確かだけど、〝死なせた〟んじゃない。その死はきっと真宙さんのせいじゃない。

「わかってる。医者の世界ではよくある話だ」

仕方のないことだったと、割り切れてはいるのだろう。それでも、彼は自分の無力さを許せていない。

……私は妻として、なにができるだろう。

彼の心を楽にしてあげられる言葉が見つからない。部外者の私がなにを口にしたところで、きっと気休めにしかならないのだとわかっている。

結局かける言葉が見つからなくて、私は彼の背中に手を回し、ぽんぽんと優しく叩いた。

「大丈夫です」

なんの根拠もない〝大丈夫〟。彼の体がぴくりと反応して、喉の奥で空気が動いた音がした。

「今のあなたなら助けられる」

真宙さんを信じ続けることが、きっと今の私に唯一できること。

目の前にある大きな体をきゅっと抱きしめると、彼は「……うん」と短く頷いて、私の体を抱え込み丸くなった。

意外と甘えん坊な彼は、私を抱き竦めたまま、やがてすやすやと寝息を立て始めた。

第七章　どこまでも絆されて

手術室に脳の酸欠を知らせるけたたましい警告音が鳴り響く。

双眼の手術用顕微鏡から覗く術野は、すでに出血で真っ赤に染まっていた。

「吸引器！　急いで！」

「ダメです！　出血がひどすぎて――」

緊急手術にあたって手術室に集まったのは、ベストとは言いがたいメンバー。そんな中、交通外傷で救急搬送されてきた患者はすでに生死の境を彷徨っていて、手の施しようのない状態だった。

「血圧下げて！」

その場にいる誰もが、奮闘する一方で無理だとあきらめていた気がする。リカバリしようのない絶望的な状況だ。

血の海では止血のしようもない。かといって術野の確保を優先して血圧を下げれば、脳へのダメージは免れない。もって数分。

せめて命だけでも。そう判断し手を尽くしたが、タイムリミットはあっという間にやってきて――。

「これ以上は脳が保ちません！」

「――っ！」

結局、その女の子が再び目を覚ますことはなかった。

初期研修が明けて一年。当時から新人にしては優秀だとか、エース候補だとか言われていた俺も、一分一秒を争う命のやり取りの前では圧倒的に無力だった。

あれから何度も夢を見る。手術台に横たわる女の子と真っ赤に染まった術野、鳴りやまない警告音。

ひたすら腕を磨き続けて、もう五年になろうとしている。今なら助けられる自信もあるけれど、あの夢は変わらず〝まだ足りない〟〝もっともっと〟と俺の首を絞めつけてくる。

……誰にも言うつもりなんてなかったんだが。

不思議と打ち明けてしまったのは、自分が彼女に心を開いているという証拠に他ならない。

こんなはずではなかった――動揺を抱きながら、腕の中の彼女を抱きしめる。

璃子に甘えるこのひと時が存外心地よく、絆されている自分がいる。

パートナーとなった女性に、縋るつもりも、弱みを見せるつもりもなかったのだが。

「璃子は本当に、変わっているな」

第一優先は仕事。家庭は二の次。彼女はそんな俺でもかまわないと背中を押してくれる、稀有《けう》な女性だ。


道根部長から『男に縁のない独り身の娘がいて――』と相談を受けたのは約一年前。すぐに縁談の打診だと気付き、ふたつ返事で了承した。

女性につきまとわれたり探りを入れられたりするのが面倒で、いっそ結婚してしまった方が早いのではないかと常々考えていたからだ。

恋愛結婚は選択肢になかった。愛なんてお綺麗な言葉は信じていない。瞬間的に燃え上がった情熱はすぐに消えてなくなる。

『行かないで。そばにいて』『仕事と私、どっちが大事？』そんな言葉を口にされるたびに、またそれかと、相手への幻滅とともに恋が冷めていった。不毛なやり取りを繰り返していくうちに、恋愛への興味も失せてしまった。

世の中の大半の夫婦は、愛なんて不変的なものではなく、都合がいいからそばにいる。だからこそ結婚は愛ではなく利害が重要、というのが俺の持論。

しかし、利害の一致する女性はなかなかいない。

内科部長の娘と一度だけ食事をしたが、あまりの価値観の違いに距離を置いたばかりだ。

自分と同じ価値観を持つ女性を探すのは難しい――そう思い知らされた矢先、道根部長が持ってきた縁談はチャンスだと思った。

道根部長なら俺と働き方が近いし、その娘もきっと理解があるだろう。よくよく聞けば箱入りのお嬢様のようだし、落とすなど簡単だろうと踏んだ。

初めて会った彼女は、父親から聞いていた通りの落ち着いた女性だった。穏やかで、愛想がよくて淑やか。決してわがままを言わず、聞き分けがいい。

『お忙しい仕事なのはわかっています。お返事はいつでもかまいません。気長に待っていますから、お時間のある時に』――メールの最後にそう付け加えられているのを見た時、パートナーにするなら彼女がベストだと打算が働いた。

だが、想像以上に用心深い女性でもあり、簡単に交際とはいかなかった。警戒されているというよりは彼女が初心すぎたのだ。男性との交際ひとつに真剣に悩む、そんな真面目な女性だった。

臆病な彼女が驚かないように、頭を撫でてみたり、肩を抱いてみたり、手を繋いでみたり、少しずつ距離を縮めていった。そのたびに彼女は予想通りの反応をくれたから、とてもやりやすかった。

作戦が功を奏し交際を取りつけた矢先、トラブルが起きた。

内科部長の娘に執拗に迫られているところを見られてしまったのだ。浮気していると誤解されるのだけは避けたかった。

本命は君であると強引にでも知らしめる必要があって、無理やり愛を説き、唇を奪った。そろそろ踏み出す頃合いかなとも思っていたし。

内科部長の娘にキスをしなかったのに、自分にはしてくれた――そうやって彼女のプライドを埋めてやる算段だったのだが。

予想以上に彼女は理性的で、情に絆されてはくれなかった。結果、余計に警戒させてしまい交際はうやむやに。

口先だけでごまかせるような女性ではない――その事実が面倒くさくもあり、嬉しくもあり、余計に手放しがたいと思わせるのだから厄介だ。

思い切って本音を打ち明け、利害のある結婚を提案してみたものの、呑んではもらえず。最終的には母親の手術をダシに結婚を承諾させるという汚い手を使って、なんとか彼女を手に入れた。

結婚生活は想像通り快適で、彼女は忙しい俺になにを求めるわけでもなく、自立した日々を淡々とこなしていた。

結婚生活一日目。ちょうど急患で忙しく、帰宅は彼女の就寝後だった。冷蔵庫には俺の分の夕食らしきもの。期待させてはいけないと思い、あえて口はつけなかった。

これから毎日夕食を作らせることになったら、彼女に負担をかけてしまうからだ。俺としても、そんな罪悪感は抱きたくない。

すぐにその意図を理解してくれたようで、その後、彼女は夕食を残さなくなった。彼女は俺の意を酌んで臨機応変に立ち回ってくれる。うまくやっていけそうだ、そんな淡い予感がした。

すれ違いではあるものの、たまに顔を合わせれば世間話をする。夕食を一緒に食べたり、リビングで各々仕事をしたり、彼女と過ごす時間は穏やかだ。

彼女の前では作り笑いや気遣いもいらず、自然体でいられるのも楽だ。間違いなく健気ないい子で、こんな自分にも呆れず世話を焼いてくれるいい妻でもある。仕事で虫の居所の悪い俺を一生懸命慰めてくれようとする優しい女性だ。

大事にしてやりたいなんて気持ちは、無自覚ながらに芽生えていたと思う。

そして迎えた新婚旅行の日。せっかくドイツに向かうのだから世話になった医師に挨拶だけしておきたくて、彼女を連れて向かったものの——。

さすがの俺だって妻をひとり放り出して仕事をする気などなかった。

なのに彼女は『私のことでしたら、おかまいなく』とひとりでベルリンの街に行ってしまった。

宿に戻ってきた彼女は、それはそれはひとり旅を満喫してきましたというキラキラした顔でお土産を抱えており、あまりの逞しさに笑うしかなかった。

なんていうか……彼女の強さとポジティブさに、人として尊敬を覚えた。

ああ、俺と対等な目線で人生をともに歩んでくれる奇特な女性は彼女しかいない、そう悟ってしまったのだ。

絶対に逃さない——それは都合がいいからとか、楽だからとか、そんな打算だけじゃない。

彼女がベルリンの駅で男と一緒に楽しそうにしている姿を見て、強欲なまでの独占欲を感じた。彼女は俺のものだ。絶対に他の男には渡さない、と。

彼女のふてぶてしいまでの逞しさを、心の強さを、かと思えば女性らしい気遣いや淑やかさ、純真さを併せ持つ感性を、愛おしいと思っている自分がいる。

女性を喜ばせるためじゃなく、自ら望んでキスをしたい、抱きたい、体を重ねたいと思えた。

星の数ほど女性はいるのに彼女じゃなければダメだ、そんな執着心も初めてだ。

この情熱がいつまで続くか、彼女がどこまでわがままな俺を許してくれるか、先のことはわからないけれど。

……残りの人生を捧げる相手は、きっと君じゃなければダメなんだろう。

なんの打算もなく自分と接してくれる彼女だからこそ、自然と尽くしたいと思える。大事にしたい、幸せにしたいと心から思える女性に出会えたことに、自分が一番驚いている。

脳神経外科、神経内科、脳血管内科に看護部――それぞれの主要メンバーが集まり、カンファレンスが始まった。

大モニターに手術予定患者のＭＲＩ画像を映し、俺はカルテを読み上げる。

「頭蓋内動脈瘤の俵田《たわらだ》守《まもる》さんですが、どうでしょう、この機に新型ステントによる血管内治療を試してみては」

俺の言葉に道根部長が反応する。

「このケースは通常のステント適用外だな。従来なら開頭だが」

「新型でしたら適用可能です。俵田さんの場合、持病がありますし高齢ですから、切らないで済むなら、それに越したことはありません」

笑顔で応じるが、脳血管内科のトップである水谷《みずたに》医師が苦々しい表情をした。

「残念だが武凪先生。今うちにこの新型ステントを扱える人間はいないよ。器具自体、承認されてまだ間もない。どんな合併症が起こるかもはっきりしないし、もう少し様子を見たいところだ」

「エビデンスという意味では、ＥＵで導入されてすでに六年、充分取れています」

「だが日本では数年だろう。なにより、扱える人間がいないんじゃあ……」

「誰もできないというのなら、僕がやります」

笑顔で爆弾を投下した俺に、カンファレンスルームがしんと静まり返る。

この病院のように診療科の規模が大きくなってくると、開頭手術を担当する脳神経外科と、カテーテルなどを行う脳血管内科の医師は異なる。

そもそも両方に精通する医師自体が少なく、俺のような人間は珍しい。なにより縄張り意識の強い院内で、科を越えて口を出すなどタブーだ。

周囲からは〝また始まった〟という生温い目。日頃から顔と恩は売るようにしているので、そこまで冷遇はされないものの、面倒なことになってきたなあというのが正直な感想だろう。

俺としては、患者にとってベストな選択を提案することのなにが悪い、という感じなのだが。

「俵田さんについては、責任を持って僕が担当します。機会をいただけるなら、そちらの医師《みなさん》をお招きして講習会を開きますよ」

水谷医師が目を丸くする。よその科の医長でもない人間が、偉そうに指導医面をするというのだから、失礼極まりない話である。

すかさず野次を飛ばしてきたのは、最新機器や新しい手術方法の導入に否定的な保守派の脳外科医たちだった。

「武凪先生は血管内治療の専門医に転向するのかなァ？」

「開頭手術が十八番だろう？　切りたいんじゃないのか？」

内心、子どもの嫌がらせのようだと侮蔑しながら、それでも笑みは絶やさず、野次の飛んできた方向に向き直る。

「僕は患者が助かるために一番効率的で低リスクな方法を提案しているだけですよ」

彼らを一瞥し黙らせた後、いまだ苦い顔をしたままの水谷医師にたたみかけた。

「数年後、必ず必要となる技術です。今から準備しておくに越したことはない」

「……まあ、そうなんだけれどねえ」

水谷医師が深いため息をつく。導入の必要性を感じているだけに、無下にできないといった様子だ。

ひりつく空気を一蹴したのは道根部長だった。

「うちのエースが生意気言ってすみませんね、なにぶん、真面目すぎるきらいがあって。それで武凪先生、この処置の経験は？」

「あります。以前勤めていた病院で処置しました。研修も受けています」

「そうか。じゃあここはひとつ、前例を作る意味でも彼に任せてやってくれませんかね？　確かに患者は高齢だ。体への負担が軽いに越したことはない。今後の導入については少しずつ進めていけばいい」

道根部長の後押しもあり、俵田さんについては血管内治療に決まった。

器具をひとつ導入するだけでこの反応だ。医療は常に進化し、今使っている技術は瞬く間に古くなっていくというのに。

俺はただ患者を救いたいだけだ。今の科学でできうる限りの努力をしたいだけ。あの手法なら助かるのに、あの器具があれば対応できたのに、そんな後悔はしたくない。この脳にインプットした知識と経験を最大限に活かし、もっとも適切な処置をしたい、それを実現するだけの裁量が欲しい。

カンファレンスはまだ続いている。他の医師の単調な報告を聞きながら、貼りつけた笑顔の奥で落胆混じりの舌打ちをした。

カンファレンス終了後。医局に向かう途中、病棟の廊下で、背後から再び野次が飛んできた。

「欧米かぶれが。再発の可能性が一番少ないのは開頭だ」

唐下《からした》医師とその取り巻きの尼上《あまがみ》医師だ。唐下医師については、脳外科医としての経歴は俺より格段に長く医長のポストに就いているが、技術的には後輩にどんどん追い抜かれていて、上も扱いに困っているらしい。

俺を〝手術狂〟扱いするかと思えば、無責任に開頭が一番だなんて、一貫性のないやつらだ。

無視しても火に油を注ぐだけだろうとあきらめて、仕方なく笑顔で応じる。

「それができたら一番ですが。俵田さんは開頭に耐えられませんよ」

もちろん患者が元気な四、五十代であれば開頭で問題ない。だが、俵田さんは八十歳、加えて持病がある。再発の可能性を考えるより、まずは合併症なく治療するのが先決だ。

「知ったことか。体力が持たないならそれまでだ。俺らの仕事は頭を切ることであって、それ以外で死ぬなら患者の寿命だろ。こちらに責任はない」

唐下医師の言葉に危うく笑顔を忘れてため息をつくところだった。

患者の人生などおかまいなしで、治療を流れ作業としか考えていない。医師の風上にも置けない人種。

「最新型の外視鏡もおねだりしたそうだな。部長《パパ》に甘やかされすぎじゃないのか？」

「私物をおねだりしたわけじゃありませんし。みなさんが使う外視鏡ですよ。安全性も上がるし、我々への負担も減る」

「偽善者め。安全性だかなんだか知らないが、俺は今のやり方を変えるつもりはないぞ。今までのやり方が一番安全に決まっている」

——とかなんとか吠えているが、新しい技術を覚える自信がないだけだろう。保守派といえば聞こえはいいが、単に時代についていけていないだけである。

「余計な手間ばかり増やしやがって」

と便乗してきたのは尼上医師。

「お言葉ですが、使いこなせるようになっていただくしかないかと。あれでしか処置できない症例もありますから。いざその時に使えませんじゃ笑い話にもならない」

取り繕うのもいい加減面倒になってきて、周囲の患者には聞かれぬよう、ふたりに近付き声を押し殺す。

「やり方を変えるつもりがない？　そもそも今だって、できてすらいないじゃありませんか。あなた方の手に余る手術を請け負っているのは誰です？」

「貴様っ――」

こらえきれず胸倉を掴んでくる唐下医師。そこへ「なにをしている！」と道根部長の怒声が飛んできた。

「なにを考えているんだ！　ここは病棟だぞ！」

唐下医師が「チッ」と舌打ちして手を離す。

「道根先生。こいつを少々甘やかしすぎじゃありませんか？　最新最新って、振り回される我々の身にもなってください」

しかし、部長の眼差しは冷ややかだった。鋭く睨みつけられ、その威圧感に唐下医師は沈黙する。

「私はね、唐下先生。最新の医療を常に学び続けるのが脳外科医の宿命だと思っているよ」

俺の前へ進み出て、ふたりに詰め寄る。

「脳はいまだブラックボックスだ。古いやり方では救えない症例が山のようにある。うちのやり方についてこられないなら、他へ行きなさい」

へえ、と人知れず感嘆したのは、部長が彼らに対してここまで強く出たのは初めてだったからだ。

道根部長は新しいやり方に肯定的だ。だが、あくまで理想論として。現実は周りの医師の技術的問題、意識的問題、金銭的問題で板挟みに合い、苦しいんでいるといった印象だった。

そんな中、『脳外科医の宿命』とまで明言するとは。

すごすごと立ち去っていくふたりを見守りながら、俺は「ご迷惑をおかけしました」と道根部長に頭を下げた。

「なに。思っていることを口にしただけだ。君の方こそ、いちいち絡まれて大変だな」

「ええ、ですがまあ……以前勤めていた大学病院に比べれば、かわいいものですよ」

文句を言うだけで、なんの妨害をしてくるわけでもないのだから、鳥のさえずりと同じである。

反対に以前勤めていた大学病院、あそこは魔の巣窟だった。出世のためであればなにをしても許される場所だった。

派閥争いが激しく、対立する医師の手術を妨害したり、延期するよう仕組んだり、患者の命を危険にさらすのもいとわない。

技術的には学ぶことも多く優秀な人材も豊富だったが、人としてあの場に留まるのは耐えがたかった。

あらかた技術を吸収し、専門医の資格を得た時点で見切りをつけ、別の病院へ転職しようと考えていたのだが、そんな中、俺の腕を見込んで声をかけてくれたのがこの病院の院長だった。

「感謝しています。院長にも、あなたにも。俺のわがままを許してくださって」

「わがままとは言わないが、理想が高いのは確かだな。ついていくこちらもなかなか大変だよ」

歩調を緩め、はっはっはと高らかに笑う。「それに――」と付け加えた彼は、食えない顔をしていた。

「武凪くんの舵取りは難しいな。普段こそ笑顔を振りまいて冷静にしているが、根は気性が荒いだろう？　絶対に自分を曲げないし、理解されようとも思っていない。合わない人間は切り捨てていくタイプだ」

……バレている。相変わらず頭が上がらないなと苦笑する。

俺がこの病院に留まり続けているのは、上の人間ができた人だからだ。院長ものらりくらりとした人で、『うちの脳外に新しい風を』と言って俺を引き抜き、自由に泳がせてくれている。

「そんな男に娘さんを預けてよかったんですか？」

「まあ、真面目なのは知っているからな。気になるとすれば、娘もなかなか頑固なところがある。喧嘩していないか心配だよ」

「とんでもない。璃子さんはできた女性です。俺はさっそく尻に敷かれていますよ」

「それはよかった。安心したよ」

医局に向かって歩いていると、道根部長が「ところで」と切り出す。

「新婚旅行中、ベルリン国際医療センターで世話になったんだって？　マイヤー医師から連絡が来たよ」

ぎくりとする。まさかマイヤー医師側からバレるとは。マイヤー医師と道根部長がそこまで親しいとは予想外だった。

娘さんをひとりベルリンに放り出して、仕事をして申し訳ありません——そう謝罪しようと口を開いたところで。

「すまなかったな。娘がわがままを言ったのだろう？」

逆に謝られ、ひっそりと眉をひそめる。

「璃子から聞いたよ、あの子が語学学校の友人たちと同窓会に行きたいと言ったから別行動になったんだろう？　まあ、時間ができたからといって、観光ではなく病院を尋ねるところが君らしいが。新婚旅行中にまで仕事をさせて悪かったな」

どうやら璃子が庇ってくれたらしい。まったく、できすぎた妻で困る。

「とんでもない。璃子さんには普段から我慢ばかりしてもらっていますので」

「そうだなあ。人のこと言える立場じゃないんだが、君はもう少しだけ、仕事の負担を減らした方がいい」

マイルドな苦言にそっと目を逸らす。まあ、やむを得ない仕事のみならず、自ら病院に居座っているのは明白なので、いつか言われるとは思っていたが。

なにしろこの病院には、ＶＲを使ったトレーニング機器や、外部へ持ち出せない貴重な症例資料などが豊富に取り揃っているのだ。

資料室にこもったまま、気が付けば朝だったなんてこともある。この病院に留まるもうひとつのメリットである。

「……善処します」

――と答えつつも、その気がないことくらい見抜かれているだろう。

しかし、彼が気分を悪くした様子はなく、淡々と答える。

「君が医学に対して誠実で、技術の向上に必死なのはわかる。だがそれは本来、君だけではなく脳外科全体で取り組まなければならない課題だ。私もできるだけサポートするから、君は気負いすぎず、たまには早く家に帰って娘を安心させてやってくれ。働きすぎて体を壊さないうちに」

ああ……とまたしても頭が下がる思いになる。彼が心配しているのは娘ではなく、俺の体の方だ。

まったく娘も娘だが、父親も父親でできすぎている。なんて親子だと舌を巻いた。

仕事をする上で都合がよさそうだから懐に入った、そのつもりでいたのに。

実際は逆で、独力で突っ走る俺が心配で放っておけないから、懐に抱き込んだのだ。

手のひらで踊らされていたのは俺の方。しかも、親子揃って善意しかないのだから呆れかえる。

この父親あっての璃子なのだと、よく理解できた。

医局に戻った後。回診に向かおうと関係者通路を歩いていると、廊下の端に見知った女性が立っていた。

内科部長の娘、神鳥舞《かんどりまい》だ。ブランド品で全身を固め、男を誘うような派手な装いをしている。

今日も関係者パスを使って用もないのに院内に潜り込んだのだろう。せめてもう少し医療関係者らしい地味な格好をしてくればいいのに、あからさまに部外者で、スルーした受付の警備員に文句を言いたくなってくる。

「こんな場所で待たれても困るよ。勤務中だ」

「だって全然連絡をくれないんだもの」

「関係があるような物言いはやめてほしいな。周りに誤解されると困る」

通行中の医師や看護師がちらちらと視線をよこしては、なにごともない顔で通り過ぎていく。変な噂を立てられるに決まっているので、二度と話しかけないでほしい。

端的に言い置いて通り過ぎようとするも、彼女はなおも追い縋ってくる。

「待ってよ、話を聞いて！　時間をちょうだい」

「一度時間を割いて殴られてやっただろう？　あれで終わりにしてくれ」

「私、あなたを忘れられないのよ！」

彼女の放った大声に、すぐ脇を歩いていた看護師がびくりと肩をはね上げる。ああ、間違いなく誤解されたなと、思わず大きなため息が漏れた。

「君と付き合った覚えはない。これ以上つきまとうなら、ただのストーカーだ。警備員を呼ぶ」

居合わせた看護師がその場をそそくさと立ち去る。これで噂が広まるとしても『武凪先生が浮気をしている』ではなく『武凪先生がまたストーカーされてる』だろう。

笑顔を振りまいているせいか、勘違いした看護師や患者に追いかけ回されることも日常茶飯事で、その辺を周りはよく知ってくれている。道根部長も「またかい？　顔がいいってのも難儀だなあ」と笑ってくれるだろう。多分。

「ふ、ふざけないで！　お父様に言いつけるわよ⁉」

「かまわないよ。不誠実なことはしていない」

一度食事をして、合わない女性だと感じたから距離を取っただけ。

彼女と関わっていくうちに幻滅したのは嘘じゃない。もう少し父親の仕事に理解があるかと思えば、彼女の興味は父親の稼ぐ金にしかなかった。

こちらが忙しいと言っているにもかかわらず、毎日毎日会いたいと連絡を入れてきて、無視をすれば押しかけてくる始末。

院内で追いかけ回され、人気のない倉庫で抱きつかれた時は本当に参った。はねのけるわけにもいかず、丁重に追い返したものの、運悪く璃子に見られていて、どこまでタイミングが悪いのだろうと自身の運を呪ったものだ。

あの状況からよく巻き返せたと自分でも思う。やはり璃子はおかしな子だ。こんな悪い男と知っていながら夫にするんだから。

彼女、神鳥舞がわなわなと唇を震わせる。

「で、でも！『また今度』って言ってたじゃない！嘘つき！」

「社交辞令だよ。君がさっきみたいに父親の存在を振りかざすから、断れなかっただけだ」

同じ立場でも、璃子ならば絶対にこんな身勝手な振る舞いはしない。軽々しく父親の名前を出して親の立場を貶めたりもしない。

……まあ当初は、利用できるかな？という打算がなかったとは言わない。曖昧な態度を取っていたのは確かだが、体の関係がないのは本当だし、殴られて禊も済ませたんだからチャラだ。

『結婚した。もう連絡しないでほしい』、『君の気持ちには応えられない』——再三そう告げ続けているにもかかわらず、まだ追いかけ回してくるのは、もはや異常だ。

「もう一度言う。妻を愛しているんだ。つきまとわないでくれ」

はっきりと本音を突きつけて、彼女に背中を向けた。

その日、義父の言いつけ通り珍しく早めに帰宅した。

部屋に荷物を置いてキッチンに向かうと、エプロンを巻いた妻がいて、まるで異次元に迷い込んだかのような気分になる。

温かい家庭、夫の帰りを待つ妻、これまで欲しくもないと思っていたものが目の前にあるわけだが、悪い気分じゃない。

むしろ、気が抜けたら日中のむしゃくしゃが蘇ってイライラしてきた。面倒くさい先輩医師に絡まれ、しつこい女性につきまとわれ、さんざんだった。

「ただいま」

苛立ちを微塵も隠さず、エプロン姿の彼女を抱きしめる。

「え、えええ？　真宙さん、どうしたんですか？　なにかありました？」

腕の中で能天気に狼狽する彼女がかわいらしい。

「いろいろあったんだよ。本当にいろいろ。俺ってかわいそうかもって思うくらい」

ため息混じりにギュッと抱きしめて首筋に顔を埋めると、なにも知らないくせに彼女は「ええと、大変だったんですね……？」と俺を抱きしめ返して宥めた。

「甘えたい時もありますよね」

「君はないのか？　俺に甘えたい時」

「甘えたい時、ですか？　弱っている時ってことですよね？」

彼女はしばらくうう－んと悩んで、やがてきっぱりと言い放つ。

「仕事も充実していますし、母ももうすぐ退院ですし。今は思いつかないですね」

は？と苛立ちから眉をひそめる。どれだけ豪胆なんだ、この女は。男に甘えたくなる瞬間もないって？

「それ、俺がいらないって意味？」

「へ？　や、そんな意味じゃありませんよ？」

「不愉快だな。俺だけ君に依存してるみたいで」

強引に唇を奪ってみると、彼女は困りながらも「んっ」と気持ちよさそうに呻いて、まんざらでもない顔をした。不思議と日中のストレスが和らいだ気がする。

「あ……あの！　ちょうど夕ご飯ができたところなんですけど、食べられそうです？」

必死にごまかす彼女の愛らしさに嗜虐心《しぎゃくしん》をくすぐられるが、あまりかわいがりすぎて拗ねられても困るので、このあたりで引くことにする。

「今日のメニューは？」

「アイントプフっていうドイツの家庭料理です。言っちゃえばウインナーとじゃがいもの入った野菜スープなんですけど」

彼女に連れられキッチンに回り込むと、鍋にコンソメが香る野菜スープが入っていた。調理台の上の皿には大きなカツレツがのっている。

「こっちのカツレツもドイツを意識した？」

「あ、わかります？　向こうで結構出てきましたよね、こういう料理」

「あっちの肉料理は豪快だったね。大きな塊のまま煮たり焼いたり揚げたり。でも、璃子が作ったのが一番美味しそう」

そう言って額に口づけると、彼女は「食べてから言ってください」となぜかふてくされた顔をした。お世辞だと思っているのかもしれない。

「それで？　もうドイツが恋しくなったのか？」

帰国して一週間も経っていないのに、ドイツ料理のオンパレード。皿をダイニングテーブルに運びながら尋ねると、彼女はスープを器によそいながらさりげなく答えた。

「ほら、真宙さん、ドイツでは結構食べてたじゃないですか。こういうお料理好きなのかなと思って」

予想外の返答に、テーブルに皿を置く手が止まる。

日頃、腹八分目にしているのは食の好みどうこうの話ではなく、いつ呼び出されても問題ないようにセーブしているからだ。

「ドイツでは羽目を外していただけだ。璃子の料理が口に合わないとか、そういう理由じゃない。それに、いくら美味しい料理でも、毎日あの量は食べられないよ」

「ああ、なるほど……」

納得したのか頷いて、取っ手つきのスープ皿を両手に持ってやってくる。

「で？　要するに俺のためにドイツ料理を作ってくれたって解釈でいいか？」

運び終えて手が空いた彼女に、うしろから腕を回してちょっかいをかけると、わかりやすく彼女の耳が赤くなった。

「わ、私も食べたかったですし！」

照れ隠ししているのが見え見えだ。素直じゃないのは俺も彼女も一緒らしい。思わず口元に笑みが漏れる。

以前なら、この気遣いを重いと捉えていただろう。手料理を振る舞われたところで、いつ呼び出されるかわからない俺が食べられる保証もない。恩着せがましくされるくらいなら、かまわないでほしい、と。

だが今は嬉しいと感じている自分がいる。

ああ、まるで自分の遺伝子が彼女専用に一八〇度書き換わってしまったみたいだ。嫌なことも、嬉しいことも、以前とはまるで違っている。

どこまでも絆されていて、いつしか仕事より彼女を選んでしまいそうな自分が怖い。

……まあ、その時は彼女に叱ってもらおう。そう帰結して腕に力を込める。

「ドイツで俺が病院に行っていたことも、お父さんにうまく話してくれたんだってね」

「ああ、あれは父の方から電話がかかってきたんです。マイヤー医師から連絡があったらしくて。どういうことだって聞かれたから、適当に言い繕っているうちによくわからなくなってきちゃって。……私、父になんて言ったんでしたっけ?」

「璃子は同窓会に行ったことになってたよ」

「ああ、そうそう、同窓会。マティアス先生に会ったんだから、嘘じゃないですもんね?」

あっけらかんと笑顔で尋ねてくる彼女。

「うん。ありがと」

首筋に顔を埋めて、ようやく素直に感謝を告げると、観念したのか俺の腕の中で大人しくなった。

「今日は患者の容体も安定していたし、ゆっくり食べられそうだ」

彼女の父親もまだ病院に残っている。よっぽどの事故でもない限り呼び出されたりはしないだろう。

彼女は嬉しそうに「はい」と頷き、俺の腕を抱きしめ返した。

冷めないうちにと、揃ってダイニングテーブルに座り、いただきますをする。

温かいスープは優しい塩味で、反対にカツレツはしっかりと下味がついている。ドイツで食べた料理よりも日本人好みに作られていて美味しい。

「やっぱり璃子の作った料理の方が美味しい」

素直にそう感想を漏らすと、彼女は「お口に合ってよかったです」とはにかんだ。

その控えめな笑顔に癒やされる。いつまでもこの時間が続けばいい、そう感じていた時。

念のためにとダイニングテーブルに置いていた携帯端末が震え出した。

「嘘だろ……」

テーブルに肘をついてげんなりと項垂れる。病院からの呼び出しだが――三コール以内に取らなかったのはいつぶりだろう。ショックすぎて取れなかった。

四コール目でようやく通話し「はい」と低い声で応じる。急患プラス入院患者の容体急変で手が回らなくなったらしい。すぐに来てくれとの指示。

通話を終わらせた俺は、カツレツにフォークを突き刺し、大きいまま口に放り込んだ。璃子が驚いた顔をして呆然と固まる。

カツレツを半分咥えたまま、スープを指さし「残しといて」と指示すると、急いで自室に戻りスーツのジャケットを着て、そのまま玄関へ向かった。

こんなにやるせない気持ちで呼び出しに応じるのは初めてだ。この病とも呼べる感情の重症化を感じながら、車に乗り込んだ。

第八章　今の俺だからできること

カツレツを咀嚼しながらリビングを出ていく彼を、呆然としたまま見送る。

……真宙さん、ちょっと変わった気がする。

今までは携帯端末が鳴ったら即座に反応し、待ってましたと言わんばかりの顔で病院に向かっていた。コールを聞いて嫌な顔をしたのは初めてだし、食べかけの食事を口に放り込むような真似も初めて見た。

もちろん、仕事が嫌になったわけではないのだろう。今この場に未練があったからそんな表情になっただけで。

……私との食事を楽しんでくれていたのかな？

子どもの頃、父も家族団らんの最中に病院から呼び出され、名残惜しそうに家を飛び出していったっけ。

急ぎながらも私と母に『行ってきます。愛しているよ』とキスとハグをして病院に向かった父。行きたくなかったに違いないけれど、それでも行くのは医師としての矜持なのだろう。

なんだか、今の真宙さんと似ている。……真宙さんが似てきている？

仕事だけでなく、夫婦の時間も大切だと感じてくれるようになったんだ……。

私の父と母のように、遠くにいても愛で繋がっていられる夫婦に近づいた。

静かになったリビングにひとり残され、アイントプフとカツレツの残りを食べるけれど、寂しいとは感じていない。

胸の奥底に熱が宿っていて、そこには確かに彼が存在するから。心が繋がっていられるだけで満足だ。


真宙さんが仕事を頑張っている間、私は私でできることを探していた。

アガーテ・ボーデ日本法人のオフィス。上司に呼び出されミーティングスペースへ向かうと、ナチュラルイズベストがモットーのすっぴん肌美人・宮地《みやじ》部長が揚々と切り出した。

「来年春の新商品の広報についてなんだけど、武凪さんの案で本部のゴーサインが出たわよ」

「本当ですか!?」

私がした提案、それはドイツと日本で大幅に広告を変えていこうというもの。

ドイツはとにかく環境への意識が高い国。化粧品は天然由来の自然派コスメが主流で基準も厳格だ。

実際にドイツに行った時も、化粧が濃いと感じる女性は少なかった。代わりに、肌自体が美しく、丁寧にケアされている印象だった。

その精神を体現しているのが宮地部長だ。すっぴん肌にマスカラとリップの最低限メイク。肌が艶々で美しいのは、オーガニックスキンケアにこだわっているから。

肌の上に盛って取り繕うのではなく、肌自体を美しく保つ、それがドイツの美意識であり、私の勤めるアガーテ・ボーデが謳う美だ。

そんな我が社が取り扱う製品は、一般的な化粧品と比較して高額ではあるものの、素材にこだわりたいユーザーに圧倒的支持を得ていた。

これまではドイツの広告をそのまま日本でも使用して、自然由来やオーガニックを前面に売り出してきた。だが――。

「残念ながら、日本はドイツほど天然素材にこだわる文化じゃないのよね」

日本のコスメは〝飾る〟という意識が強く、その日すぐに美しくなれるというのも重要なポイントだ。加えて、安価で質のいいライバル製品も多い。

だからこそ素材プラスアルファを打ち出さなければヒットはしないと、上にかけあったのだ。日本ならでは宣伝の仕方を考える必要がある。

「日本の人気モデルを起用して、日本ならではのキャッチコピーで宣伝する。新商品専用サイトも日本独自のものを作成。ほぼ提案通りで採用してもらえたわ。『今日も明日も美しい私でいるために』ってキャッチコピー、本部の担当者が褒めてたわよ」

「よかったです。結構な予算になりそうですが、感触はどうでしたか？」

「もちろん渋～い顔はされたわよ。でも現段階で日本法人は赤字寸前だからね。背水の陣ってやつかしら」

苦笑する宮地部長。赤字寸前だからこそ手を打つ必要性を感じてくれたのかもしれない。

もしこれで失敗すれば、日本へ展開する商品自体が減らされてしまう。絶対に結果を出さなければ。

「今後、うちの部主体で動くことになるけれど、武凪さんには本部との調整役をお願いしたいの。武凪さんなら英語だけじゃなくてドイツ語も堪能だし、向こうの感覚をよく理解している、そういう采配よ」

「ぜひやらせてください！」

「……新しい試みだから、結構忙しくなるかも。スケジュールもタイトだし、新婚の武凪さんに任せるのは酷かなあとも思ったんだけど」

「全っ然問題ありませんっ！　任せてください」

勢いよく返事する私に、宮地部長は苦笑する。

「武凪さん、最近ちょっと変わったわね。もともと意欲的に働いてくれてたのは知ってるけど、結婚してさらに積極的になったっていうか。なにか心変わりがあった？」

テーブルに身を乗り出し、まじまじとこちらを観察してくる宮地部長。心変わりと言えば間違いなく真宙さんの影響で、照れながらも「実は」と説明する。

「主人が仕事に対して向上心の強い人で」

「ああ、なるほど。相乗効果ってやつかしら。いい人、選んだわね」

にっこりと微笑んでデスクに戻っていく宮地部長。

相乗効果……になっているのかな？　私も彼にいい影響を与えられていればいいのだけれど。

そんな夫婦になれたら理想だなと、思いを馳せながら今日の分の仕事をこなした。

アガーテ・ボーデのオフィスでは残業は推奨されていない。

時間内に仕事を収められる人間こそが有能、そんな価値基準だ。その辺は外資系だけあって、欧米色が強い。

ずるずると長い時間頑張ったところで評価はされないし、むしろ適切に仕事を割り振れていない上司の責任になってしまう。

今日のところもひとまず、もっと頑張りたい気持ちを押さえ込み、ほぼ定時に会社を出た。

最寄り駅で電車を降り、駅前の大通りを抜け閑静な住宅街へ。途端に人通りが少なくなるが、比較的治安のいい地域なので危険を感じたことはない。

十九時前、この季節は晴れていればぎりぎり明るい。今日はあいにく梅雨らしい曇天だけれど、地上の光を反射して空全体がぼんやりと白く、ライトのような役割を果たしている。

明日こそ晴れればいいなあ、そんなことを思いながら歩道を歩いていると。

ガードレールの切れ目で激しいエンジン音が響いてきて、車のヘッドライトに照らされた。

「っ……！」

驚いて振り向くと、一瞬だけ、運転席でハンドルを握る女性の顔が見えた。

――あの人は。

次の瞬間、車が勢いよく脇を走り抜けていって、たたらを踏む。

「っ、危なかった……」

明らかに車体が歩道にはみ出していた。慌てて端に身を寄せたからよかったものの、避けなかったら接触していたかもしれない。

慌ててハンドルを切ったのか、次のガードレールにぶつかる前に車は車道へと戻っていった。

住宅街のど真ん中で随分乱暴な運転をするなあと呆れながらも、ガードレールに接触するような事故にならなくてよかったと安堵する。

……ガードレールに……接触？

振り向くと、すぐうしろにはガードレール。違和感があった。

車がまっすぐに進んできたとすれば、この角度で車体が歩道にはみ出すわけがない。……狙ってハンドルを横に切らない限りは。

ゾッと背筋が寒くなる。わざとぶつかろうとして、なんてことはないよね……？

居眠り運転でもしていた？　いや、運転席の女性がしっかりと目を見開いていたのを私は見た。

しかもあの女性、なんとなく見覚えがあるような……。

「ええと……誰だっけ？」

名前が思い出せないくらいなので、他人の空似かもしれない。

……わざとなんて考えすぎだよね？　そこまで誰かに恨まれるようなことをした覚えもないし。

もやもやとした思考を振り払いながらも、なんとなく怖さを拭えず、私は急ぎ足で自宅マンションに戻った。


その日、二十二時に帰宅してきた夫が突然、「結婚写真を撮ろうか」と提案してきたから、私はダイニングテーブルに座ったまま目を丸くした。

トマトたっぷりミネストローネを夜食代わりに食べながら、思いついたように切り出す真宙さん。

「もしかして、父になにか言われたりしました？」

「いや。そういうわけじゃないけど。式も挙げないわけだし、写真くらいはと思って」

式については挙げない方向で話をまとめた。彼は仕事で忙しいし、私も無理をして挙げるほど式に対する執着がない。

そもそも、当初は愛のない契約結婚という話だったから、ウエディングドレスと夕キシードを着て愛を誓い合っても、空々しいだけだと思っていた。だが――。

「せっかくだから璃子のウエディングドレス姿を見ておこうかなと思っただけだ」

スープ皿を口元に運びながら、そっぽを向いて言い放った彼の、なんと素直じゃないこと。私のドレス姿を見てみたいって思ってくれたんだと嬉しくなる。

「……私も真宙さんのタキシード、見てみたいです」

その隣にウエディングドレスで並んでみたいとは口に出さない私も、負けじと素直ではないけれど。

「白衣もタキシードも大差ないかもよ？」

「じゃあ黒にしましょう。もしくはシルバー」

彼がプッと吹き出して、「好きに選んでいいよ」とスープ皿を置く。

「それ、なにを着ても絶対似合うって確信している方の言い分ですね」

「タキシードは誰が着ても似合うようにできているはずだろ？」

「今まで似合わない服がなかったからそう言い切れるんです！　羨ましい」

だってその顔で、そのスタイルで、着こなせない服があるわけがないもの。

彼はそんな悩みを感じたこともないのだろう、よくわからない、むしろどうでもいいって顔で首を傾げた。

「まあ、ウエディングドレス選びは悩ましいかもしれないね。いろいろなデザインがあるから」

「確かに」と私は顎に手を添える。ドレスによって形もデザインもカラーもまったく違っていて、あれこそ似合う似合わないがはっきり出る。一番似合う一着を、と考え始めたら深みにはまりそう。

「似合わなかったら似合わないって言ってあげるから安心して」

にっこりと笑って毒舌を披露する彼に「どれが似合わないかじゃなくて、どれが似合うかを教えてください」と半眼で睨みつける。

「璃子なら大抵のドレスが似合うってわかってるから言える台詞だよ」

今度はさらりと褒められ、ギャップに胸が小さく疼く。

「……ありがとうございます。カタログ、取り寄せておきます」

「ああ。まあ、お互い忙しいし、ゆっくり考えよう」

私の仕事の方も忙しくなりそうだと、さっき伝えたばかり。彼は『好きなだけ頑張りなよ』と背中を押してくれた。

「そうします。写真を撮るだけでも、両親は喜んでくれると思いますし。真宙さんのご両親も、きっとそうですよね」

彼はなかなか帰省しないみたいだから、ご両親は心配しているんじゃないかな。タキシードを着た写真を見て、息子が結婚したって実感が湧けば安心するだろう。

夜食を終えた彼は、スープ皿をキッチンに運びながら、神妙な顔をする。

「それなら——」

なにかを切り出して言葉を止める。不思議に思い「真宙さん？」と呼びかけてみるけれど、彼は「いや、なんでもない」とシンクに皿を置いた。

「あ、そこ置いといてくださいね。後でまとめて食洗器にかけちゃいますから」

「了解。……それなら、俺はコーヒーを淹れる係になろうか。寝る前だから、カフェインレスの方がいいかな」

「あ、手伝いま——」

「君がキッチンに来たら分業の意味がないだろ。大人しくソファに座ってて」

どうやら私に食洗器を任せる代わりに、自分もなにかやりたいらしい。たいした手間ではないし「ありがとう」のひと言でかまわないのだけれど、言葉ではなく行動で返したがるあたり、彼は真面目だ。

ソファに移動して、ふとローテーブルの上にあるエアプランツに目を向ける。

枯れなければいいなくらいにおっかなびっくり世話をしていたはずなのに、気が付けば葉が伸びてサイドからも芽が出てきた。

「この子、元気に育ってますね」

初めての共同作業は成功中だ。私たちの愛情の量に呼応してぐんぐん成長してくれているようで、嬉しくもあり照れくさくもあり。

「グラスがきつそうになってきたね」

「植え替えた方がいいんでしょうか?」

彼がコーヒーメーカーを起動させながら、肩越しに振り向く。

「今度、またあのカフェに行って店員さんに相談してみようか」

……それはもしかして、デートのお誘いでもあるのだろうか。なにげない表情から、社交辞令なんかじゃないとわかる。

出会った頃のように、仮面をかぶり相手の喜びそうなことばかり口にしていた彼は、もう私の前にはいない。

「そうしましょう。私、またランチが食べたいです」

「ああ。璃子が食べてたやつ、美味しそうだったよね。ちょっと羨ましかった」

「言ってくれればひと口あげたのに」

「次はシェアしよう。いろいろ食べてみたい」

真宙さんが淹れ立てのコーヒーを持ってやってくる。

酸味と苦みのバランスのいいカフェインレスコーヒーを選んでくれたようだ。私のマグカップには少しだけホットミルクが入っていて、胃に優しい。

ふたりでエアプランツを眺めながらなにげない会話をする、そんな夜のコーヒーブレイクをこの先もずっと続けられたら幸せだ。

それから一週間、相変わらず慌ただしい日常を送っている。今日は特別に申請をして一時間残業した。

帰宅時間が遅くなってしまったので、駅前のお店でお惣菜を購入し、エコバッグに詰め込む。簡単なサラダだけ作って夕飯にしよう。

そろそろ梅雨明けだと思うのだが、今日も一日降ったりやんだりが続いていて道が濡れている。

明日は真宙さんと例のカフェに行く約束をしているから、雨がやんでくればいいのだけれど。とはいえこの季節、晴れたら晴れたで暑くてテラス席は難しいかな？

そんなことを考えながら傘を畳んで、マンションのエントランスに足を踏み入れると、通路の陰に誰かが立っているのが見えた。

モスグリーンのレインコートを着ていて、目深にフードをかぶり顔は見えない。胸元にパーマのかかった茶色い髪が垂れていて、背丈的にも多分女性だろうなあという印象だ。

「こんばんは」

挨拶するも、返事がないので住民ではないかもしれない。

それならそれで、受付に行く素振りがあってもいいものだが、彼女は棒立ちのままなにもしていない。誰かを待っているのだろうか——。

その時。彼女が一歩、私の方に足を踏み出してきた。その手に銀色のナイフが握られていることにようやく気付いてサッと血の気が引く。

「……あんたの、せいで……私は……」

憎悪に満ちた女性の声。無差別ではなく、間違いなく私を狙っている——先日車にひかれかけたのを思い出し、気のせいではなかったのだと確信する。

でも、どうして？　恨まれるような覚えなんてなにもないのに。

じりじりと近付いてくる彼女と距離を保つように、一歩、二歩と後ずさる。

脅しだろうか？　……いや、あの車の運転を思い出す限り彼女はきっと本気だ。

私を狙う理由はわからないけれど、とにかく逃げなければ。

「……っ！」

私は手に持っていたお惣菜入りのエコバッグを彼女の方へ投げつけ、傘を開いて視界を遮った。女性が怯んでいる隙に、すかさずエントランスを出る。

「っ、待ちなさい……！」

駆け出しながら振り向くと、女性が傘を弾き飛ばす姿が見えた。その拍子にフードがずれる。

――あの女性は！

先日、運転席にいた女性と同じ顔。あの時は誰だか気付けなかったけれど、今になってようやく思い出した。

真宙さんにつきまとっていたという――確か内科部長の娘さん。彼の頬をグーパンチした人だ。

どうして彼女がここにいて、私を襲ってくるの？　私は一度、病院で彼女の姿を見かけているけれど、彼女の方は私に気付かなかったはず。面識はないのに。

わけもわからずマンションの敷地の外に向かうけれど、彼女もあきらめてはおらず雨の中を追いかけてくる。

「殺してやる！」

門柱を出たところで、たまたま路上を自転車で走っていた男性が、物騒な叫び声を聞きつけてブレーキを踏んだ。

しかし、ちょうど私の進行方向と重なり、ぶつかりそうになって――。

「きゃあっ」

慌てて避けるも、雨に濡れたタイルで足を滑らせバランスを崩す。

倒れた先にあった植え込みのレンガに側頭部をぶつけてしまい――。

ゴッ！

鈍い音と激しい痛みに襲われて、意識が遠のくまで一瞬だった。受け身を取る余裕もなく、地面に崩れ落ちて視界が暗くなる。

「き、君、大丈夫か⁉」

男性の声と、がしゃんと倒れる自転車の音。けれど目が開かなくて、指先一本動かせない。

大丈夫、そう答えるのすらままならず、完全に意識を失った。

＊＊＊

頭部外傷の患者が救急搬送されてくると連絡が入ったのは、二十時を過ぎた頃だった。

患者は転倒の際、側頭部を強く打ちつけており出血、意識はないという。手術に備え、俺と道根部長は一階にある救急部へ向かう。

俺たちが救急部に辿り着いたのと、救急隊員が患者をストレッチャーに乗せて運んでくるのは同時だった。

搬送用の呼吸器をつけて運ばれてきたその女性は見間違いようもなく彼女で、背筋が冷たくなる。頭の中が真っ白で、なんの言葉も出てこない。

「璃子……！　そんなバカな！」

先に愕然とした声をあげたのは道根部長だ。その声に殴りつけられたかのように冷静さを取り戻し、しっかりしろと自分を叱咤する。

「っ、頭部CTの準備……！」

道根部長の代わりに叫ぶように指示し、ストレッチャーとともに処置室に向かう。

そのうしろでは、璃子の付き添いで救急車に乗り込んでいた見知らぬ男性が「俺は見たんだ！」と救急隊員を相手に必死で訴えていた。

「女が『殺してやる』って叫んで、あの子を追いかけてた！　ナイフを持ってたんだ！」

ただでさえ混乱している最中に、さらに困惑する情報が押し寄せてきて、まさかという思いに駆られる。

璃子がナイフを持った女に追いかけられていた？　頭部以外に外傷は見当たらないようだが……。

救急隊員が「すぐに警察を呼びますから」と男性を宥める。

今は事実云々を調べている場合ではない。まずは璃子の救命が最優先だ。

万一手術になろうものなら道根部長は――璃子の父親は戦力にならない。娘相手にメスを持たせるのはさすがに酷だ。そもそも身内の執刀は禁止されている。

だが、俺と部長以外、安心して璃子を任せられる腕を持った脳外科医が今この病院にはいない。

俺がやらなければ。だが……。

五年前の惨事がフラッシュバックして右手が震えそうになり、咄嗟に手首を押さえつけた。

あの時とは状況が違う。患者も、俺自身も。

これまでなんのために必死に技術を吸収してきたと思っている。どんな事態でも対応できる知識と経験を手に入れてきたはずだろう？

いや、まだ手術と決まったわけじゃない。内科的処置で済む可能性もあるし、出血した傷口を縫合するだけなら誰にだってできる。

道根部長も同じ気持ちなのだろう、祈るようにＣＴの結果を待つ。

数分後、処置室のモニターに映し出された画像には、明らかに手術適用の大きな血腫が映っていた。

急性硬膜下血腫を伴う外傷性くも膜下出血——即開頭しなければ命に関わる状況だ。脳挫傷を伴っている可能性も高く、後遺症も起きやすい。手術中も状況に応じて柔軟な対応が問われる。

……他の医師には任せられない、そう感じた。

同じ結論に至っただろう道根部長が、ゆっくりと首をこちらに向けてくる。その絶望的な顔色に、俺はごくりと喉を鳴らした。

この精神状態でノーミスの施術が俺にできるのか？

なんといっても脳の手術は非常にデリケートである。脳には髪の毛ほどの細さの血管や神経が密集しており、わずかに傷つけただけでも機能障害を起こす。一瞬の迷いが致命傷になる。

見知らぬ患者じゃない、相手は璃子だ。そんなプレッシャーを感じながら、手術中の様々な局面で、俺は冷静な判断が下せるだろうか。

唇を強く引き結んだ時。処置室の扉が開いて、どすどすという品のない足音が近付いてきた。

「聞きましたよー。運ばれてきたのが道根先生の娘さんなんですって？　ってことは武凪先生の奥さんですよね？」

白衣のポケットに手を突っ込んだまま、楽しげに言い放ったその男に殺意が湧き立つ。

「唐下先生……」

その男——唐下医師は、モニターに映るＣＴ画像を「どれどれ」と呑気な声とともに覗き込む。

「うわーひどい、こりゃ即開頭しかないですね。まあ、おふたりとも執刀は無理でしょうから？　俺がやるしかないかなあ。なんとか命は助けますんで、多少の後遺症は許してくださいね？」

道根部長が厳しい表情で顔をしかめる。この男に任せたくない——そんな感情がありありと伝わってくる。

やる前からあきらめているこの男が、後遺症なしに手術を成功させられるとはとても思えない。だが現状、彼以外に執刀できる人間はいない。

「……選択肢は限られている。君に任せるしか――」

道根部長が思い詰めた表情でイエスと言いかけた、その時。

俺は「待ってください」と言葉を遮った。

「……僕がやります」

「……は？」

素っ頓狂な声をあげて頬を引きつらせる唐下医師。部長も予想外だったのか、大きく目を見開いている。

「僕がって……患者は自分の妻なんだろう？　自分の手で引導でも渡す気か⁉」

「冗談じゃない。後遺症なしで確実に手術を成功させるために、自分で執刀すると言っているんです」

「バカを言うな！」

興奮した唐下医師が、床を踏み鳴らし詰め寄ってくる。

「贅沢言ってんじゃねえよ、生きてれば御の字じゃねえか！　ちゃんと見たのか、この出血量！　位置！　無理だ無理」

唐下医師の言葉を耳にして、瞬間的に湧き上がってくる怒り。同時に思考がよりクリアになる。

「今、はっきりと確信した。あなたには任せられない。最初からできなかった場合の保険をかけているような医師には」

「ふざけるな！　そもそも不可能なんだよ」

「あんたにはな。だが、俺ならできる」

低い声で、一切取り繕わずに断言すると、別人の発言にでも聞こえたのか、唐下医師が呆然とした顔で言葉を失くした。

呆れているのか、怯えているのか――おそらく両方なのだろう。この男なら本当にやってのけるかもしれない、そんな恐怖を覚えているに違いない。

「道根部長。俺に執刀させてください。必ず成功させせます」

「……だが。身内の執刀は――」

「璃子を助けられるのは俺しかいません」

力強いひと言に道根部長が硬直する。

璃子の父親として、脳外科の代表として、俺に任せるべきか否か、究極の決断を迫られている。

「わかっている、わかっているんだ。だが、璃子の夫である君にそんな重責を負わせるなんて」

「他人に任せて、璃子の脳に傷でもつけられようなら、俺は自分を一生許せない」

道根部長はハッとしたように目を見開く。

成功率〇パーセントの医師に娘を預けて最悪の未来を辿るくらいなら、可能性のある義息に賭けてみるべきではないか――。

「そもそも、身内の手術は禁止されてるだろ!?　俺に頼るしかないはずだぞ!?」

うるさく喚く唐下医師を無視して、俺はいまだ決断しきれずにいる道根部長の両肩に手を置き、しっかりしてくださいと揺さぶった。

「あなたの権限があれば、俺に執刀を任せることも可能なはずです。お願いします。どうか俺にやらせてください」

「っ……」

部長は苦悶を滲ませたままそっと瞼を閉じ、やがて決意を込めた目をゆっくりと俺に向けた。

ブルーのスクラブスーツを纏い手術室に入る。麻酔で安らかに眠る璃子を見つめながら、彼女の横に立った。

普段の冷静な俺なら、成功率九九パーセントと自信を持って手術に臨むだろう。だが、なぜだか今日はメスが異様に重たく感じる。

絶対に失敗できないというプレッシャー。もちろん、どの患者にも常にその意識はあるけれど、今日のそれは普段の比ではない。

いまだ冷静になりきれていないのか、五年前、頭部外傷の女の子を前になにもできなかった自分が頭をよぎってしまう。

震えを押し殺していると、璃子の声が蘇ってきた。

『今のあなたなら助けられる』

深夜、悪夢にうなされていた俺を抱きしめてくれた彼女。

——できる。今の俺なら。

目を閉じてそう言い聞かせると、不思議と心拍がゆったりとしたリズムを刻み始め、頭の中がクリアになった。

——必ずこの命を、璃子を助ける。もう不甲斐ない真似はしない。

彼女の言葉に、そして存在に背中を押され、自分を信じる勇気が湧いてくる。

集中力が高まって、まるで彼女の頭部にぐんと引き込まれるかのような感覚。やがて震えはなくなり、不安は露と消えた。

手術を終え、今璃子は集中治療室で眠っている。麻酔が残っている上、脳にかなりの負担をかけたので、しばらくは目覚めないだろう。

その枕元で、ジッと彼女の安らかな表情を見つめていた。

結果からいえば上出来だ。最速でベストな施術ができた。誇ってもいい。終わった直後、嬉し泣きする道根部長の顔と、唐下医師の悔しそうな顔は記憶に新しい。

だが、患者が目覚めるまではわからない、それが脳外だ。

「璃子。目を覚ましてくれ」

無茶な注文だとわかっていながらも口にする。頭部には痛ましい包帯。彼女の体から幾重にも伸びるチューブ。人工呼吸器。

テープがぐるぐるに巻かれた手から、かろうじて覗く指先に触れ、祈るように目を閉じる。

「……俺たちはまだ出会ったばかりだろ」

そして、気持ちを通わせたばかりだ。

ようやく見つけた冷めない恋。この熱が永遠に続いていくという直感。

夫婦としての時間は、これから始まるというのに。

「璃子。愛している」

生まれて初めて心の底からその言葉を言い放ち、きゅっと指先を握る。

自分には宿らないと思っていたその感情が、今はっきりとこの胸の中にある。教えてくれたのは他ならぬ彼女だ。

その時。ぴくりと指先に力がこもった。

「璃子……！」

意識が戻るにはまだ早すぎる。だが、確かに指先が動いたのを感じた。

大丈夫、必ず目覚める――彼女がそう応えてくれたような気がして、目頭が熱くなってくる。

「待っている。君が目を覚ますまで、ずっと」

遠からずその日は訪れるだろう。

彼女が目を覚ましたら、きっと俺の世界は変わる。仕事よりも、自分よりも大切なものが見つかるはずだ。

エピローグ

手術から十日が経つ頃には、私は集中治療室を出て一般病棟に移ることができた。

搬送時は危険な状態だったらしく、三日間くらい記憶が飛んでいる。

気が付くと真っ白いベッドに横たわっていて、体は呼吸器や心拍モニター、点滴などチューブに繋がれ身動きが取れず、かといって混乱できるほどの認知機能もなく、ひたすらぼんやりとしていたっけ。

それから少しずつ物事がわかるようになっていって、真宙さんや両親たちから話を聞き、自分の状態を把握した。

脳の機能は一時的に低下しているが、二カ月程度リハビリをすれば以前と同じ状態に戻れるだろうということ。幸い、麻痺などの後遺症はなさそうだ。

それもこれも、執刀してくれた真宙さんの技術があってこそだと父が涙ながらに力説してくれた。

ひと足先に退院した母は、今度はお見舞いする側で病院に通ってくれている。

手術から一カ月が経ち、脳の機能があらかた回復したところで、真宙さんからあらためて「ごめん」と謝罪された。

「どうして真宙さんが謝るんです？　私を助けてくれたのに」

「もとはと言えば、全部俺のせいだろう」

仕事の合間に病室に顔を出してくれた真宙さん。面会者用の丸椅子に腰かけ、苦々しい顔で手脚を組む。

私はベッドの上で上半身を起こし、彼の弁解を聞いた。

「俺が彼女との関係を清算し損ねた」

この事故の引き金になった内科部長の娘さんの凶行、それを自分のせいだと責任を感じているようだ。

「っていっても、一度ご飯を食べただけって言ってましたよね？」

交際していたわけでもないのだから不可抗力だと思うのだけれど……。

「……………思わせぶりなことは言ったかもしれない」

目を逸らしながら、反省したように言う彼。病院でのふたりのやり取りを思い出し、ああ、あの距離感なら誤解するか、と納得してしまった。

「とにかく。二度と璃子に危険が及ばないように手は打ったから、安心していい」

内科部長の娘さんは現在勾留中。真宙さんが警察に被害届を提出したのだ。

彼女の凶行は、マンションのエントランスにある監視カメラにばっちり映っていた。私にナイフを向けるところも、追いかけるところもだ。

最終的に転んだのは私なので傷害の罪にこそ問われないが、明確に傷つける意志があったこと、『殺してやる!』という叫び声を通行人が聞いていたことで、殺人未遂として受理された。

驚くべきことに、彼女は以前にもストーカー傷害事件を起こしていたようで、執行猶予はつかないだろうとのこと。未遂ではあるが、それなりの量刑になるだろう。

また真宙さんは今後を考えて、彼女のご両親に直談判し『娘を二度と妻に近付かせるな』と脅すような形で承諾させたらしい。

ご両親はすでに海外移住を決めている。娘がさらなる犯罪に手を染めないよう、私や真宙さんから物理的距離を置く必要があると考えたそうだ。

父親の方はすでに責任を取る形で永福記念総合病院を退職している。

「もう二度と女性に思わせぶりなこと、しないでくださいね?」

念を押すと、彼は沈痛な面持ちで「当たり前だ」と漏らした。

「愛妻以外、相手にする時間が無駄だ」

「ふふ。あなたはそういう人でしたね」

浮気より仕事。ある意味、安心である。

だが、真宙さんはそんな私の思考を読んだのか、「仕事が大事だから、とかではなくて」と付け加えた。体裁悪そうに前髪をくしゃっと掴んで、眉を下げる。

「昔、『愛がない』って言ったよね。愛するつもりはない。君の結婚に俺の感情は関係ないって」

前髪をかき上げた後、まっすぐ私を見つめて、にやりと口の端をつり上げる。

「悔しいけど、降参だ。君しか見えない」

突然の白旗に驚いて、大きく目を見開く。

『俺を冷めない恋に落としてよ、璃子』――その顔はまるで答えが見つかったとでも言いたげだ。

「初めて手術をするのが怖いと思った。君の体を前にして、少しでも気を抜いたら手が震え出しそうだった」

「身内の手術は、難しいものなんでしょう？」

「それって言い換えれば、その患者がどれだけかけがえのない存在かってことだ」

真宙さんが立ち上がり、こちらにやってきてベッドに座り直す。その逞しくもすらりとした長い腕を伸ばし、指先で私の髪に触れ、ゆっくりと梳いた。

「俺が生涯愛せるのは璃子だけだから」

彼の口から偽りのない〝愛〟という表現が飛び出して、胸が熱くなる。

「それでも、私を手術してくれたんですね」

愛する人の命を背負い、どれだけの重圧に耐えながらメスを振るったのだろう。

「ありがとうございます。助けてくれて」

「璃子を助けられなかったら、これまでなんのためにスキルを磨いてきたんだかわからない」

苦笑する彼。私はふと思い出したことがあって、「そういえば――」と切り出す。

「手術の後……だと思うんですけど。眠っている間に『愛している』って言ってもらえたような気がしたんです」

まだ頭がぼんやりする中、確かに彼の声が耳に届いた気がしたのだ。

彼がやれやれといった感じで肩を竦める。

「それはまあ、なんともお花畑な夢を見たね」

「やっぱり夢でしたか」

真宙さんがそんなことを言うとは思えない。すんなり納得すると、彼はクスッと笑みをこぼした。

「嘘だよ」

そう囁いて、私の頬を優しくむにっと摘まむ。痛くはないけれど驚いて、目をパチパチと瞬かせた。

「現実だ。愛してる。璃子」

私の頬に手を当てて、そっと顔を近付けてくる。反対の頬に今までで一番優しいキスをもらい、体がふんわりとした熱に包まれた。

「まだ璃子のウエディングドレス姿を見ていないしね。死なれちゃ困ると思ったんだ」

またそんな憎まれ口を。彼は素直じゃなくて本当に参ってしまう。

「そうですね。ドレス姿を両親に見せて安心させてあげないと」

「それなんだけど。ひとつ提案があって――」

彼が私の耳元でそっと囁く。別人に生まれ変わったかのようなアイデアに、私はふたつ返事だった。


それから一年。彼は約束通り、私にウエディングドレスを着せてくれた。

総レースの贅沢なドレスで、ウエストがキュッとくびれているマーメイドスタイル。

ロングトレーンにはビジューがふんだんに散りばめられていて、動くたびにキラキラと輝いて見る者を魅了する。

対して真宙さんは光沢のあるブラックのタキシード。シンプルなのに彼が着ると驚くほど華があり、長身によく映えている。

そして私たちのバックには、あの荘厳なノイシュヴァンシュタイン城。

彼の驚くべき提案、それは私たちが心をひとつにした思い出の地、ドイツで挙式しようというもの。

フュッセンにあるバロック建築が優美な旧修道院で式を挙げ、ノイシュヴァンシュタイン城をバックにウエディングフォトを撮影。

参列者は私たちの両親と、現地の知人——マイヤー医師やマティアス先生。ホテルでパーティーを開き、マティアス先生が準備してくれたワインで乾杯した。

旅行好きの母は挙式だけでなく、念願かなって父とともに海外旅行ができたと、とても嬉しそうだ。父も旅行は久しぶりだと満喫している様子。

永福記念総合病院の方は、脳外科の主戦力がふたりも抜けて痛手ではあるものの、今年招聘した腕利きの医師が留守を預かってくれているそう。残された他の医師たちも意欲的に働いているという。

というのも、真宙さんに負担が偏っていると懸念した父が、脳外科全体の技術の底上げに乗り出したのだ。勉強会や技術講習などを積極的に行っているらしい。

医療への情熱についていけない医師——真宙さんいわく、いつまでも古い技術に縋りついている怠け者たち——は、早々に別の病院へ転職していったそうだ。

真宙さんが欲しがっていた〝自由に手術するための環境〟は、あらかた整ったのではないだろうか。

以前よりもずっと生き生きとして、仕事もプライベートも楽しそうにしている彼がいる。

賑やかなディナーを終え、私たち新郎新婦そして参列者たちは、フュッセンのホテルに宿泊し各々の時間を過ごした。

私の携帯端末にはノイシュヴァンシュタイン城を背景に撮ったふたりの写真。マティアス先生に送ってもらったものだ。

歴史ある壮麗な城と、それを取り囲む緑の山々、その前で微笑むウエディングドレス姿の私とタキシードの真宙さん。すでに待受画像に設定済みだ。

カメラマンに依頼してあるフォトブックは一カ月後に完成する予定で、すごく楽しみ。私の宝物になりそうだ。

「それ、例のあの先生からもらったやつ？」

シャワーを浴び終えて私と同じバスローブ姿になった真宙さんが、少々不機嫌そうに携帯端末を覗き込んできた。

あんなに贅沢な式を挙げて夫婦の誓いを立てた後でも、マティアス先生への嫉妬心は健在らしい。

「結局、ＩＤ交換したんだ……」

「いや……あの。写真をもらいたかっただけで、深い意味は」

「写真だけならお義父さんやお義母さんからもらえばいいのに」

「うちの両親、写真が下手なんですもん」

ふーん？と全然納得していない声を出して、ソファに腰かける。

そのまま放っておくわけにもいかず――というか、いじけている彼がちょっとかわいそうになってきて、私は隣に腰かけると、彼の頬にちゅっとキスをした。

「そんなんでごまかせると思ってるのか、璃子は？」

「ダメですか？」

「全然ダメだ。ベッドの上で〝好きにして〟くらいの誠意を見せてくれないと」

早くも彼が肉食獣のごとく襲いかかってきたので「待って！　わかったから！　後

で好きにさせてあげるから」と慌てて制止する。

今夜はもう少しドイツを楽しみたいのだ。窓の外もフュッセンならではのロマンティックな光景が広がっているし、マティアス先生からもらったワインもある。

「ほら、飲みましょう?」

グラスを持ち出してくると、彼は渋々了承してくれた。

今夜のワインはとっても甘みがある。先生に『式後のスイートな夜にどうぞ』と言って渡されたのを思い出した。

「美味しい」

「二日酔いにならないようにね。明日は観光したいんだろう?」

彼の言葉に私は「もちろん」と気合いを入れて答える。明日は両親を連れてノイシュヴァンシュタイン城に観光に行く予定なのだ。

でも、日本にいると彼はオンコールに備えてなかなかお酒を飲まないから、貴重な晩酌の機会でもある。この時間をたっぷり楽しみたい。

「それにしても、よく仕事を休めたね。最近、忙しかったんだろう?」

私の勤めるアガーテ・ボーデでは、昨年提案した新しい広告が成功をおさめ、前年度以上の予算が下りた。

喜ばしい半面、忙しさも増し、日程調整に奔走して今がある。

「なんとか。一番大変だったのは、去年の手術をした時ですが」

突然三カ月以上も休職することになったから、職場のみなさんに多大なるご迷惑をおかけした。

せっかく大きな仕事を任されて張り切っていた矢先に、水を差された形だ。言い出しっぺの私を抜きにして新たなプロジェクトが走り出してしまい、悔しい思いもしたが、職場復帰後にすぐに合流できてよかった。

彼がワイングラスを口元に運びながら、目を細める。

「この先、もし君が仕事人間になってしまったら悲しいな」

「え。なに言ってるんですか、自分を棚に上げて」

「それはそれ。俺は君の一番でありたいんだ。仕事なんかに負けたくない」

「なんだか、わがまま!」

自分はさんざん仕事を優先してきたくせに、その言い草はなにごとか。

しかし、彼はワイングラスをローテーブルに置き、私の肩を抱く。

「そんなことない。俺は仕事よりずっと、璃子が大事だよ」

ちゅっと額にキスを落として、じゃれついてくる。

とろりとした目は酔っぱらっているわけではなく、情欲のスイッチが入ってしまったからだろう。私はぎくりとして身を強張らせる。

「一〇〇人の患者の命と璃子を天秤にかけたなら、迷うことなく璃子を取る。なんなら一万人でもいい」

「たとえが悪いですよ」

どうしてわざわざ悪者になりに行くような言い方ばかりするのだろう。

短く息をつき、彼の胸を押し返しながら「本当に。ひねくれてるんですから」と呆れた声をあげる。

「こんな悪い男と結婚を決めた君の、運の尽きだよ」

今すぐ問答無用で貪ってしまいたい、そんな邪悪な目に押し負けて、ソファの座面に転がされる。

ああ、まだワインを一杯しか飲んでいないのに。今夜はこのままベッドインとなりそうだ。……嫌ではないけれど。

「やっぱり私の言う通りでしたね。〝私は幸せになる〟って」

かつて強引に契約結婚を持ちかけられた時に言い放った捨て台詞を持ち出すと、彼は困ったように眉を下げて吹き出した。

「確かに。こんな展開は予想外だったよ」

そう漏らし、衝動的に私の後頭部に手を置いて引き寄せる。

この先の許可を求めるような深いキスに、体が昂り始めてしまい抗えない。これはその気にさせた責任を取ってもらうしかないかも。

「でも俺だって言っただろう？　君は最高だって」

そうじゃれつきながら愛を深めていく私たちの左手の薬指には、シルバーの指輪が輝いている。

婚約指輪と同じベルリンのアクセサリー工房で作ってもらった、オーダーメイドのペアリング。値段はそれぞれ五〇〇ユーロで、また彼は『君への愛を誓うにしては安すぎる』と言い張ったのだけれど。

大事なのは値段ではなく、世界でたった一対の、唯一無二のリングであること。

私たちの愛は、その形は、他のどの夫婦にも当てはまらないオリジナルなのだから。

END

あとがき

伊月ジュイです。本作をお手に取っていただき、ありがとうございます。

これまであとがきで常々語って参りましたが、ひと癖あるメンズ、延いては悪い男のラブストーリーが大好きです。

恋愛にまるで興味のないクズだったり、非道だったりするメンズが、運命の女性と出会うことで優しさを覗かせたり、誠実になったり、執着心が爆発したり、恋の沼にずぶずぶとはまっていく様子を見ると、うふふとなります。

ということで、危険みのある男の魅力を布教すべく、悪い男シリーズの第一段に取りかからせていただきました。

ベリーズ文庫ということで、悪さの中にも上品さや誠実さを残しております。編集部のみなさまと相談しつつ、ベリーズらしい悪い男を模索してみました。

二次元ならではの恋（現実の悪い男には気をつけましょう）をお楽しみください。

また本作にはヒーローを『人として最低』ときっぱり罵れる強メンタルを持つヒロインが必須でした。悪い男に負けないポジティブで前向きな璃子も好きになってもらえると嬉しいです。

ちなみにヒロインがドイツ語に堪能なのは、私が大学でちょっとだけドイツ語をかじったからです。ぐーてんもるげん、くらいしか覚えていませんが……。

そして特典ショートストーリー（ＳＳ）について。一部の書店や電子書店で限定配布されるＳＳが二バージョンあります。

とあるテーマについて書かれているのですが、ひとつは真宙視点（前編）、もうひとつはそのアンサーとなる璃子視点（後編）で描かれています。

どちらかだけでも楽しめる内容となっていますが、両方気になる方はぜひダブルでゲットしてみてください。

最後になりましたが、本作品に携わってくださったみなさまに感謝を。

表紙はつきのおまめ先生。私がイメージしていた通りの悪カッコいい真宙を描いてくださいました。最高に魅力的なイラストに仕上げてくださりありがとうございます。

そして最大の感謝をここまでお付き合いくださったみなさまへ。心が温まってきたところで、シリーズ第二弾へバトンタッチさせてください。

伊月《いづき》ジュイ

伊月ジュイ先生への
ファンレターのあて先

〒104-0031
東京都中央区京橋 1-3-1
八重洲口大栄ビル 7F
スターツ出版株式会社　書籍編集部　気付
伊月ジュイ先生

本書へのご意見をお聞かせください

お買い上げいただき、ありがとうございます。
今後の編集の参考にさせていただきますので、
アンケートにお答えいただければ幸いです。

下記 URL または二次元コードから
アンケートページへお入りください。
https://www.ozmall.co.jp/enquete/IndexTalkappi.aspx?id=2301

ベリーズ文庫

悪辣外科医、契約妻に狂おしいほどの愛を尽くす

【極上の悪い男シリーズ】

2025年4月10日　初版第1刷発行

著　　者　伊月ジュイ

発 行 人　菊地修一

デザイン　hive & co.,ltd.

校　　正　株式会社文字工房燦光

発 行 所　スターツ出版株式会社
〒104-0031
東京都中央区京橋1-3-1　八重洲口大栄ビル7F
TEL　03-6202-0386（出版マーケティンググループ）
TEL　050-5538-5679（書店様向けご注文専用ダイヤル）
URL　https://starts-pub.jp/

印 刷 所　株式会社DNP出版プロダクツ

Printed in Japan

乱丁・落丁などの不良品はお取替えいたします。
上記出版マーケティンググループまでお問い合わせください。
定価はカバーに記載されています。

ISBN 978-4-8137-1725-6　C0193

ベリーズ文庫 2025年4月発売

『結婚不適合なふたりが夫婦になったら―女嫌いパイロットが鉄壁妻に激甘に!?』 紅《くれない》カオル・著

空港で働く史花は超がつく真面目人間。ある日、ひょんなことから友人に男性を紹介されることに。現れたのは同じ職場の女嫌いパイロット・優成だった！彼は「女性避けがしたい」と契約結婚を提案してきて!?　驚くも、母を安心させたい史花は承諾。冷めた結婚が始まるが、鉄仮面な優成が激愛に目覚めて…!?

ISBN978-4-8137-1724-9／定価825円（本体750円＋税10%）

『悪辣外科医、契約妻に狂おしいほどの愛を尽くす【極上の悪い男シリーズ】』 伊月《いづき》ジュイ・著

外科部長の父の薦めで璃子はエリート脳外科医・真宙と出会う。優しい彼に惹かれ結婚前提の交際を始めるが、ある日彼の本性を知ってしまい…!?　母の手術をする代わりに真宙に求められたのは契約結婚。悪辣外科医との前途多難な新婚生活と思いきや――「全部俺で埋め尽くす」と溺愛を刻み付けられて!?

ISBN978-4-8137-1725-6／定価814円（本体740円＋税10%）

『離婚計画は白紙です！～男嫌いなかりそめ妻はカタブツ警視正の甘い愛に陥落して～』 田崎《たさき》くるみ・著

過去のトラウマで男性恐怖症になってしまった澪は、父の勧めで警視正の壱夜とお見合いをすることに。両親を安心させたい一心で結婚を考える澪に彼が提案したのは「離婚前提の結婚」で…!?　すれ違いの日々が続いていたはずが、カタブツな壱夜はある日を境に澪への愛情が止められなくなり…！

ISBN978-4-8137-1726-3／定価814円（本体740円＋税10%）

『極氷御曹司の燃える愛で氷の女王は熱く溶ける～冷え切った契約結婚だったはずですが～』 にしのムラサキ・著

名家の娘のため厳しく育てられた三花は、感情を表に出さないことから"氷の女王"と呼ばれている。実家の命で結婚したのは"極氷"と名高い御曹司・宗之。冷徹なふたりは仮面夫婦として生活を続けていくはずだったが――「俺は君を愛してしまった」と宗之の溺愛が爆発！　三花の凍てついた心を溶かし尽くし…

ISBN978-4-8137-1727-0／定価825円（本体750円＋税10%）

『隠れ執着外交官は「生憎、俺は諦めが悪い」とママとベビーを愛し離さない』 白亜凛《はくありん》・著

令嬢・香乃子は、外交官・真司と1年限定の政略結婚をすることに。愛なき生活が始まるも、なぜか真司は徐々に甘さを増し香乃子も心を開き始める。ふたりは体を重ねるも、ある日彼には愛する女性がいると知り…。香乃子は真司の前から去るが、妊娠が発覚。数年後、ひとりで子育てしていると真司が現れて…！

ISBN978-4-8137-1728-7／定価825円（本体750円＋税10%）

ベリーズ文庫 2025年4月発売

『医者嫌いですが、エリート外科医に双子ごと溺愛包囲されてます!?』 日向野《ひなたの》ジュン・著

日本料理店で働く美尋は客として訪れた貴悠と出会い急接近！ふたりは交際を始めるが、ある日美尋は貴悠に婚約者がいることを知ってしまう。その時既に美尋は貴悠との子を妊娠していた。彼のもとを離れシングルマザーとして過ごしていたところに貴悠が現れ、双子ごと極上の愛で包み込んでいき…！

ISBN978-4-8137-1729-4／定価814円（本体740円＋税10%）

ベリーズ文庫with 2025年4月発売

『素直になれたら私たちは』 白石《しらいし》さよ・著

バツイチになった琴里。両親が留守中の実家に戻ると、なぜか隣に住む年上の堅物幼馴染・孝太郎がいた。昔から苦手意識のある孝太郎との再会に琴里はげんなり。しかしある日、琴里宅が空き巣被害に。恐怖を拭えない琴里に、孝太郎が「しばらくうちに来いよ」と提案してきて…まさかの同居生活が始まり!?

ISBN978-4-8137-1730-0／定価814円（本体740円＋税10%）

『他部署のモサ男くんは終業後にやってくる』 朧月《おぼろづき》あき・著

完璧主義なあまり、生きづらさを感じていた鞠乃。そんな時社内で「モサ男」と呼ばれるシステム部の蒼に気を抜いた姿を見られてしまう！　幻滅されると思いきや、蒼はありのままの自分を受け入れてくれて…。自然体な彼に心をほぐされていく鞠乃。ふたりの距離が縮んだある日、突然彼がそっけなくなって…!?

ISBN978-4-8137-1731-7／定価814円（本体740円＋税10%）

ベリーズ文庫 2025年5月発売予定

Now Printing

『結婚嫌いな彼に結婚してなんて言えません』 滝井《たきい》みらん・著

学生時代からずっと忘れずにいた先輩である脳外科医・司に再会した雪。もう二度と会えないかも…と思った雪は衝撃的な告白をする！　そこから恋人のような関係になるが、雪は彼が自分なんかに本気になるわけないと考えていた。ところが「俺はお前しか愛せない」と溺愛溢れる司の独占欲を刻み込まれて…!?

ISBN978-4-8137-1738-6／予価814円（本体740円＋税10%）

Now Printing

『愛の極【極上の悪い男シリーズ】』 麻生《あそう》ミカリ・著

父の顔を知らず、母とふたりで生きてきた瑛奈。そんな母が病に倒れ、頼ることになったのは極道の組長だった父親。母を助けるため、将来有望な組の男・翔と政略結婚させられて!?　心を押し殺して結婚したはずが、翔の甘く優しい一面に惹かれていく。しかし実は翔は、組を潰すために潜入中の公安警察で…！

ISBN978-4-8137-1739-3／予価814円（本体740円＋税10%）

Now Printing

『タイトル未定（バツイチ×契約結婚）』 未《み》華《はな》空《そら》央《お》・著

夫の浮気が原因で離婚した知花はある日、会社でも冷血無感情で有名なCEO・裕翔から呼び出される。彼からの突然の依頼は、縁談避けのための婚約者役!?　しかも知花の希望人事まで受け入れるようで…。知花は了承しニセの婚約者としての生活が始まるが、裕翔から向けられる視線は徐々に熱を帯びていき…！

ISBN978-4-8137-1740-9／予価814円（本体740円＋税10%）

Now Printing

『元カレパイロットの一途な忠愛』 蓮美《はすみ》ちま・著

美咲が帰宅すると、同棲している恋人が元カノを連れ込んでいた。ショックで逃げ出し、兄が住むマンションに向かうと8年前の恋人でパイロットの大翔と再会！　美咲の事情を知った大翔は一時的な同居を提案する。過去、一方的に別れを告げた美咲だが、一途な大翔の容赦ない溺愛猛攻に陥落寸前に…!?

ISBN978-4-8137-1741-6／予価814円（本体740円＋税10%）

Now Printing

『タイトル未定（ハイパーレスキュー×双子）』 花木《はなき》きな・著

桃花が働く洋菓子店にコワモテ男性が来店。彼は昔遭った事故で助けてくれた消防士・橙吾だった。やがて情熱的な交際に発展。しかし彼の婚約者を名乗る女性が現れ、実は御曹司である橙吾とは釣り合わないと迫られる。やむなく身を引くが妊娠が発覚…！　すると別れたはずの橙吾が現れ激愛に捕まって…!?

ISBN978-4-8137-1742-3／予価814円（本体740円＋税10%）

タイトル、価格等は変更になることがございますのでご了承ください。